MOARTEA ȘI ALTE

© 2017 Tiberiu Stan

Fotografie copertă: **Tiberiu Stan**

Redactor: **Maia Costea**

Tehnoredactor: **Dinu Mihai**

tel.(+4) 031 407 3772 | office@mediamorphosis.ro | http://mediamorphosis.ro

Descrierea CIP a Bibliotecii Naționale a României
STAN, TIBERIU
   Moartea și alte / Tiberiu Stan. - București : Mediamorphosis, 2017
   ISBN 978-606-8913-09-4
821.135.1

TIBERIU STAN

Moartea și alte

(proză scurtă, 1999 - 2016)

2017

mediamorphosis

Peste drum

AM TRAVERSAT STRADA, mi-am scos fularul și l-am agățat în gardul viu, proaspăt tuns. M-am descheiat la toți nasturii, mi-am scos și paltonul și l-am lepădat pe jos. Cizmele? la ce îmi folosesc. M-am întors și am privit în urmă: pe celălalt trotuar viscolea. Puținii trecători, zgribuliți, se grăbeau către case – câinii, în haită, lătrau; se însera.

Am mințit, paltonul l-am păstrat. Desculț, doar în blugi și tricou, cu paltonul împăturit așezat pe brațul stâng, incomodându-mă grozav, pornesc să mă bucur de soarele amiezii de primăvară. Nimeni nu mă poate condamna. M-am săturat de frig, de țurțuri și de vânt.

Mă urc într-un autobuz, nu prea aglomerat. Privesc în jur. Or fi valabile, *aici*, biletele mele? Trei controlori, pe cele trei uși... Dau să cobor, dar m-am trezit prea târziu; autobuzul pornește și razia începe: ce mă fac? Controlorul din mijloc, al doilea, trece pe lângă mine, distrat. La fel și primul. Am scăpat? Cei trei coboară, tăcuți, ca și cum n-ar fi fost. Ca și cum n-aș fi fost. Miracolul, cel dintâi din viața mea, îmi stârnește lacrimile, avântul și o stranie presimțire neagră.

Goale până deasupra genunchilor, picioarele unei fete înalte îmi umplu tot câmpul vizual. Le admir, pesemne, de vreme ce le privesc? Alternând, stângul după cel drept, în ritmul invers alor mele. Realizez – şi mă mir? – că nu mă gândesc la nimic. Dreptul, stângul... Degetul mare loveşte o piatră ce îşi ia zborul spre cauciucul unei maşini parcate. Şi de aici direct în gamba fetei. A durut-o? A jenat-o? A simţit măcar ceva? Capul nu şi l-a întors; n-a tresărit măcar. Piatra pornise din piciorul meu: nu era nici o piatră.

Am călătorit cu metroul, şi nici o bătrânică nu m-a dat la o parte de pe scaun. Am luat un ziar, şi vânzătorul nu mi-a cerut bani. Am spart un geam, şi nimeni n-a ieşit să mă înjure.

Cerşetorii îmi ignoră bancnotele, femeiuştile – ocheadele, poliţaii – contravenţiile. Sunt o părere, o umbră, un spectru.

Într-o lume pentru care eu nu exist, totul îmi este permis. *Pot face tot ce îmi trece prin cap.* Am acces peste tot. Vitrinele cu bomboane de ciocolată, raioanele de jucării, duşurile internatului de fete. Librăriile. Sunt Stăpânul încoronat al Lumii. Absolut, necontestat, neobservat.

În ziarul meu nu scrie nimic. Este acelaşi ziar pe care-l răsfoiesc cei din jur, dar în mâinile mele paginile sunt albe. Am întrebat un domn cât e ceasul, şi el mi-a scuipat pe lângă ureche. Pe deasupra umărului. Ţopăi, zbier, sparg geamuri, și nu se întâmplă nimic. Alerg, mă cocoț, șuier; fâlfâi, flutur, sfâșii; blestem, răstorn, sfidez... Mă învârt de unul singur printr-o lume de orbi. Orb mă învârt prin lume, și străin.

Cât de gustoase pot fi aici bucatele, cât de frumoase pot fi aici femeile? Cât de triste – despărțirile? Rănile nu mă dor, priveliștile nu mă încântă, mângâierile nu mă desfată. Ce îmi poate oferi, *mie*, Primăvara?

Știu ce am de făcut. Singur printre străini, pe partea însorită a străzii. Semenii mei sunt *dincolo*, în lumea umbrelor iernii. Dau să îmi pun paltonul, dar mă răzgândesc. Îl lepăd, abia acum, de data asta cu adevărat, îmi scot și tricoul; mai mult nu îndrăznesc. Voi traversa. Mă opresc pe marginea trotuarului, privind în bezna de peste drum. Ochiul roșu al iernii mă pironește în loc, cu tălpile lipite de asfalt. Nu, nu ezit; nicidecum. Aștept culoarea verde a semaforului.

Traiectorii

TRAVERSEZ, perfect *regulamentar*, o stradă din centrul orașului. Din partea opusă, sfidând orice normă de bun-simț urban, îmi taie calea o tinerică. Traversând, firește, în diagonală. Nu în linie dreaptă, cum s-ar fi cuvenit. Mă abat un pic, din politețe, deși n-ar fi trebuit. Ce dacă ne-am fi ciocnit? femeile sunt mai fragile: nu eu aș fi avut, deci, de suferit. Și, în definitiv, deviaționiștii trebuie să învețe să suporte consecințele propriei nesimțiri. Sunt, oare, prea dur? Încă n-ați auzit nimic.

Nici nu îți mai vine să ieși pe stradă. Toți merg alandala, anapoda, fără să respecte vreo regulă. Se amestecă, se înghesuie, se împiedică, se bulucesc.

Nu mai e loc pentru aceia, din ce în ce mai puțini, care au respect pentru *traiectorii*. Care se mențin pe traseele lor, fără a le încălca pe ale celorlalți. Îmi veți spune că nici nu se poate altfel, și că noi, *ortodocșii*, suntem anacronici. Cum să mai rămâi pe traiectoria ta, când cei din jur îți taie calea întruna? Când *nu pot fi făcuți* să meargă pe drumul lor. Și vă răspund: măcar să încercăm.

Cine a inventat iubirea? ce caraghioslâc. Ce pierdere de vreme. Și ce frustrare pentru pietonii de bună-credință: tinerii acoperă trotuarele, pe întreaga lor lățime, cu mania lor bizară de a se ține de mână. Mai treci de ei dacă poți. Până când să răbdăm? Acest obicei primitiv trebuie interzis.

Uite-o și pe fetișcana asta: merge în fața mea și își balansează brațele ca o apucată. „Unde ai învățat să mergi pe stradă? Nicăieri." Încerc să mă feresc de palmele ei, dar fără succes: mă lovește peste... mă rog, peste sex. N-am mai fost de mult atât de indignat. Nu că mi-ar fi displăcut, dar este cu totul neprincipial. „Nu așa se circulă, *señorita*: mâinile se țin, frumos, pe lângă trup – nu se agită ca niște vâsle bețive."

Nu mai poți, în ziua de azi, nici să mergi cu tramvaiul. Uite, chiar acum, o brută mestecă la nesfârșit un chewing-gum – în urechea mea stângă. E oare o fatalitate? Sunt oare singur pe lume? De ce am mereu parte de astfel de specimene? „Plescăi ca o vită, Neanderthal. Du-te pe câmpie și rumegă." Acesta este iadul oamenilor cultivați: să aibă de-a face cu bădărani.

Nu pot nici măcar să mă uit după câte o femeie, că întorc și ei capetele – canaliile. De parcă ar putea fi ceva comun între privirea mea și a lor. Eu unul mă uit după femei ca un om superior, un intelectual, nu ca o brută needucată.

Nu, toate astea nu mă lasă rece. Când ies pe stradă, uneori, nici nu mă pot recunoaște. Îmi pierd cu totul bunele maniere. Mă cobor la nivelul celorlalți orășeni. Dar cine este de vină? Eu nu. Traiectoria mea e clară.

Credeți că nu știu că arta pe care o admir nu are nici un maestru, că știința de la care mă revendic este încă în fașă, că religia pe care o propovăduiesc încă nu s-a născut? Dar asta nu mă împiedică să sper. Visez la o masă de biliard cu milioane de bile ale căror traiectorii nu se intersectează niciodată. Traiectorii! formulă magică, izbăvitoare. Căci ce este Lumea, de fapt, dacă nu un vast joc de biliard în spațiu. Cel ce va găsi Formula, se va dovedi Mesia, Salvatorul spiței omenești. El ne va elibera din anarhia ciocnirilor întâmplătoare. Vom trăi – abia atunci – cu adevărat, stăpân fiecare pe Calea lui. Fără piedici, fără imixtiuni, fără intruși. Descătușați.

Până atunci, însă, nu este cazul să ne resemnăm. Chiar și fără a deține formula perfecțiunii, putem respecta un set minimal de reguli privind deplasarea prin oraș. Eu unul o fac, de multă vreme. E poate o asceză. Ori un pariu. Nu mă pot privi liniștit în oglindă știindu-mă la fel de grobian ca și ceilalți. Trebuie să le dau, prin comportamentul meu, un exemplu. Să merg în fața lor, călăuzindu-i. Oamenii au nevoie de un drapel. Ca să aibă pe ce să scuipe.

O batoză cu sexul incert mă presează, cu şuncile-i infinite, de uşa din spate a autobuzului. Cum să o fac să priceapă că am nevoie de spaţiu – de un spaţiu numai al meu – pentru a putea respira? Că am nevoie de intimitate chiar şi în aglomeraţie. Cum să explici asta unei bovine? Simt că mă sufoc, atât la propriu, cât şi la figurat. Neputinţa mea mă gâtuie. Lucrurile nu mai pot continua aşa.

Nu pot să aştept până când *Traiectoriile* vor fi predate în şcoală. Trebuie să iau iniţiativa de a îi educa pe analfabeţi. Ştiu şi ce metodă li se potriveşte. Forţa, forţa brută. Doar aşa îi poţi dresa pe oameni – lighioanele cele mai proaste, de departe. Şocul unui cot în burtă, al unui cap în gură, al unui genunchi între picioare ar putea declanşa Revelaţia. Vor realiza atunci că numai supunându-se Codului Universal de Circulaţie, numai respectând prestabilitele Rute pot fi, cu toţii, fericiţi. Imaginaţi-vă un Oraş în care nimeni nu mai scuipă, nu mai fumează, nu mai îmbrânceşte. În care fiecare îşi are traiectoria sa, inalienabilă. În care nu ne vom mai stânjeni unii pe alţii. Căci este vorba, în definitiv, despre respectul pe care ni-l datorăm, reciproc. Vă rog să nu rămâneţi indiferenţi: vă vorbesc despre Paradis! Mi-am asumat deja obligaţia de a vă duce acolo.

Din nou în mijloacele de transport în comun. Aglomeraţie ca în infern. Înţeleg, în sfârşit, povestea cu cazanul de smoală. Ce caută – cu toţii – aici, lângă mine?

11

Aveți în mijlocul vostru *un om*, un exemplar unic, de neprețuit. Pas de te înțelege cu mârlănimea. Un individ, vrând să înainteze spre ușă, se freacă de mine, în modul cel mai dizgrațios cu putința. Boule! Șoferul pune o frână bruscă, izbindu-l pe imbecil cu capul de geam. Și nu numai pe el. Așa vă trebuie, șobolanilor! Cine v-a pus să mă înghesuiți – pe o asemenea caniculă? Așa se procedează cu cei de teapa lor.

Azi l-am îmbrâncit pe primul, și el m-a înjurat de mamă. Nu cred să fi priceput mare lucru. Dar nu-i nimic; eu nu mă dau bătut. Data viitoare va înțelege. Sunt atât de mândru că am trecut la acțiune, în sfârșit.

Fumătorii sunt sub-oameni. Priviți-i cum pufăie ca niște bălți sulfuroase, cum își molfăie între buze deșeurile lor mizerabile, cum împrăștie în jur suflarea lor otrăvită, intoxicându-ne pe noi, *cei puri*. Cum de au pus stăpânire pe lumea noastră, poluându-ne bunul cel mai de preț – aerul? De vină este numai vidul legislativ. Fumatul trebuie inclus în Codul Penal. Iar pedeapsa... Propun să fie deportați – fără excepție – în lagăre de concentrare. Să fie închiși cu miile în camere etanșe, fără mâncare sau apă – numai cu țigări. Să se auto-gazeze.

Credeți că exagerez? Puneți-vă în pielea mea: merg civilizat pe stradă, respectându-mi *traiectoria* – sunt un cetățean-model. Ar trebui să mă pot bucura de plimbarea în aer liber. Numai că în fața mea merge – ei, da, ați ghicit – unul dintre acești depravați. Și tot fumul lui ticălos îmi intră mie în nări. Spuneți-mi, cu ce am greșit? Cum să îmi păstrez cumpătul? „Huo! la Auschwitz cu tine, jigodie!"

L-am mai îmbrâncit pe unul, într-un tramvai. O matahală. Își plasase subrațul, năclăit de sudoare, în dreptul nasului meu, nesimțitul. L-am împins cu putere într-o cucoană grasă, iar el mi-a tras un cot peste gură de am văzut stele verzi. Dar nu-i nimic. Doar n-o să deznădăjduiesc dintr-atât. Fără perseverență, curaj și răbdare, nimic de seamă n-a fost clădit pe lume.

Nu vor să învețe. Pur și simplu nu vor. Orice aș face – și fac tot ce îmi stă în puteri – nu se schimbă nimic. M-au adus la exasperare. Și toate astea pentru ce? Pe cine voiam să aduc pe calea cea bună a urbanității? Gunoaie însuflețite, vărsate pe străzi. Nu au habar de regulile cele mai elementare de circulație civilizată. Nu au idee de traiectorii, de rute. Am zis deja: gunoaie; gunoaie fără rost.

Cred că știu unde am greșit. Oamenii maturi sunt irecuperabili. Nu mai sunt în stare să deprindă nimic. Tineretul trebuie educat; el este singura chezășie a unui viitor respirabil. De aici trebuia să încep; cât timp am pierdut! Am însă ocazia să îmi îndrept eroarea. Un puști, pe role, se apropie din față, împreună cu două fetițe. Nu își calculează bine traseul și se pare că mă va atinge. I-o iau înainte și îi reped o talpă în gleznă. Se prăbușește, în urma mea, smiorcăind. Vă învăț eu, copii, să respectați traiectoriile!

A fost odată

un om care nu știa ce voia. Nu strâmbați din nas – nu exagerez cu nimic: pur și simplu omul nu știa. Încă din pântecele mamei sale a fost nehotărât: nu putea să se decidă între bisturiu și lumina zilei și nimeni nu poate spune dacă în cele din urmă alegerea sa a fost cea corectă.

Mai apoi, ca bebeluș, își făcuse un obicei din a țipa ca din gaură de șarpe, după care refuza cu vehemență biberonul cu lapte ce i se întindea. După mai multe experiențe de soiul ăsta, părinții săi renunțară să îl mai hrănească în mod regulat, vârându-i din când în când pe gât ce găseau la îndemână. Urmarea a fost că bietul de el s-a dezvoltat din cale afară de nearmonios. Mai exact, a crescut strâmb și toată viața a suferit din cauza constituției sale plăpânde (ba chiar, odată, l-a luat vântul pe sus și l-a lăsat în vârful unui stejar bătrân și ursuz, dar despre asta vă voi povesti cu altă ocazie, când timpul – neîndurător și parșiv cum îl știm – ne va face oarecum neașteptata favoare de a nu ne mai plictisi cu scurgerea sa monotonă).

Copil fiind, i-a descumpănit mereu pe cei din jurul său. Mai întâi, pentru că, deși colegilor săi nu le-ar fi trecut niciodată prin cap să îl primească în echipa de foot-ball, nu și-a dorit defel acest lucru. Apoi, pentru că nu colecționa de nici unele. Nici timbre, nici monede, nici ambalaje de gumă de mestecat (sau de bomboane, sau de săpun, sau de ciocolată, sau de bere, sau de fasole, sau de sardele, sau de creioane, sau de alune, sau de țigări). Nici chei, nici insigne, nici șosete, nici măsele, nici fluturi, nici pești. Nici canari. Nici moriști. Nici pisici. Singura dată când s-a lăsat pradă dorinței (absolut morbide) de a se da cu sania, și-a rupt piciorul stâng și a zăcut două luni în spital. Aici i-a plăcut, pentru că nu a mai avut de-a face cu profesorii și cu școala, și nu i-a plăcut (ba chiar deloc, se înțelege) pentru că asistentele îl răsfățau cât era ziua de lungă, făcându-i în toate cele pe plac. Au fost singurele momente fericite din viața lui, și le-a detestat într-atâta, încât și-a propus să se facă doctor, pentru a îi chinui și el pe alții, la rândul său.

Mai apoi, pe vremea liceului, s-a îndrăgostit pentru prima dată de o fată (era într-o zi de luni). Marți îi găsise deja câteva defecte fatale, așa că i-a trecut – ca și cum n-ar fi fost. Joi s-a îndrăgostit de alta, însă către seară și-a dat seama că nu îi place. Vineri a venit rândul celei de-a treia. Asta l-a ținut tocmai până luni (în week-end, desigur, nu avusese ocazia să o vadă, deci nu i-a putut găsi nici un defect). După o sâmbătă și o duminică de visare, i s-a părut că s-ar fi îndrăgostit de a patra, însă înainte de a își da seama de asta, i-a și trecut – ați ghicit. A cincea oară nu i s-a mai întâmplat. Niciodată.

Ca să dea impresia de normalitate (cu alte cuvinte, că împărtășește profunda anormalitate a generației sale) s-a apucat de ascultat muzică. A început alături de rockeri, după care a trecut la amatorii de disco, apoi la punkişti, apoi la rapperi, apoi la metalişti, apoi la indigeşti, apoi la ethno-folklorişti, la angelici, la indiferenţi şi în cele din urmă la sclifosiţi. Aceştia l-au dezgustat din cale afară de tare (prin consecvenţa lor proverbială), aşa că şi-a vândut CD – player-ul şi şi-a cumpărat un computer. Avea să îl arunce la gunoi, mulţi ani mai târziu, pe de-a-ntregul neutilizat.

Odată terminat liceul, trebuia rezolvată, mai întâi de toate, situaţia sa militară. Nu aţi uitat, sper, de constituţia sa hiperfragilă, cauzată de sinistrele deficienţe de creştere. Aflat în faţa unui doctor cumsecade (şi competent), care l-a întrebat dacă vrea sau nu să facă armata, el a răspuns, pe jumătate decis: „Păi, ştiu şi eu ce să zic?". Urmarea a fost că vreme de un an de zile a mărşăluit şi s-a târât prin mlaştinile patriei, alegându-se, pentru tot restul vieţii, cu un simpatic şi foarte fidel reumatism.

Iar apoi? Ce a urmat? Alegerea unei cariere. Evident că nu s-a făcut medic. Nici profesor, nici inginer, nici avocat. Cu toate că îl dusese gândul (iute ca vântul, sau şi mai şi) la fiecare dintre aceste profesii. A intrat (pe pile) la o facultate de astrosofie, apoi (renunţase după primul semestru) a urmat – pe bune – academia de freologie. Nu mă întrebaţi ce înseamnă – fapt e că pe asta a terminat-o şi a început să profeseze.

Este, cred, inutil să vă spun că niciodată nu a putut urmări un film la TV, din cauza ispitei de a apăsa pe alte butoane, că niciodată nu a ascultat un discurs politic până la sfârşit, din cauza sistemului democratic pluripartit din țara sa, și că nu a terminat vreodată o carte, cu toate că (sau tocmai pentru că) avea o bibliotecă ce putea rivaliza cu una publică (cea din capătul străzii, spre exemplu). Nimeni dintre cei care, de-a lungul existenței sale, l-au cunoscut, nu-și amintesc să fi luat o singură decizie cât de cât fermă (deși câțiva răutăcioși relatează că de mai multe ori s-ar fi lăsat de fumat).

În ziua logodnei sale... Aici, de fapt, trebuie să ne întoarcem un pic în timp. Firește că omul nostru avusese niște contacte intime (și cât se poate de neinteresante) cu câteva femei, prilej cu care aflase – sau așa credea el – că preferă blondele. Este superfluu, sunt sigur, să vă informez că aleasa finală a inimii lui (ca și a splinei, în egală măsură) a fost o brunetă. Frumoasă coz sau poate urâtă cu spume, deșteaptă foc sau proastă în draci – asta nu mă pricep să vă spun, și nici nu are importanță pentru istorioara noastră. În orice caz, fără această alegere, nu știu ce v-aș fi putut povesti mai departe. Și asta pentru că... Unde rămăsesem?

Mai departe, au urmat copiii. În viața oricăruia dintre noi intervine, la un moment dat, acest moment dificil, și nici pentru omul nostru lucrurile nu au stat altfel. Soția sa era stearpă, și el nu își dorea urmași, însă curând a cedat insistențelor ei și a adoptat câteva fete și un băiat. Mai târziu (mult mai târziu, dacă stau bine să mă gândesc) nevasta i-a născut un băiat, cu toate că el nu o mai atinsese de vreo trei ani. El însă nu s-a mirat. Chiar deloc. Să nu credeți că ar fi fost un mare naiv – am mai spus-o, sunt sigur: era doar indecis – observase de la o vreme că jumătatea sa îşi luase un amant (sau poate doi? sau mai mulţi?) şi pusese şi el ochii pe una dintre cele două prietene ale consoartei. O blondină cu temperament, ca în tinereţile sale. De oferit i s-a oferit însă cealaltă prietenă, o roşcată chiar mai urâtă şi mai proastă decât nevastă-sa, pe care n-a avut puterea să o refuze. Atât despre aceste amănunte sordide.

Nici cu educaţia copiilor nu a avut mai mult succes. Şi asta pentru că nu ştia ce voia. Pe fete ar fi dorit să le mărite cu oameni de vază, nicidecum să le piardă urma prin bordelurile siameze, cum s-ar fi putut cu siguranţă întâmpla dacă lucrurile nu ar fi luat o altă turnură. Primul băiat părea la un moment dat a avea aceleaşi pasiuni ca şi tatăl său, ceea ce cu timpul s-a adeverit, aşa că acesta nu a ştiut spre ce să îl îndrume şi a ajuns şi el reumatic şi freolog. Cel de al doilea, în fine – al cărui presupus tată se mutase la ei în casă – a urmat o carieră oarecare, de care omul nostru era departe de a fi mulţumit.

Şi aşa au trecut anii, ca zilele, şi lunile, precum clipele cele scurte, şi zilele, precum anii cei lungi, şi omul cel nehotărât a îmbătrânit. Poate nici pe asta nu ar fi făcut-o, dar adevărul e că nu i s-a dat de ales. Întins pe patul de boală, în cea din urmă scenă a vieţii, şi cu toată familia strânsă în jurul lui, a cerut să îi fie adus un duhovnic. „Vreau să mă împărtăşesc pentru ultima dată", a spus. „Asta nu se poate", a exclamat soţia lui, „doar tu eşti evreu!". „Da?", s-a mirat el, „ca să vezi...". După care a stat o clipă pe gânduri. „Chemaţi-l totuşi pe popă, acum ce importanţă mai are?"

Sinuciderea

ASTĂZI, PE LA ORELE PRÂNZULUI, am ieșit în oraș să mă sinucid. Știu ce curiozitate aveți: de ce doream să mă sinucid? Ce m-a determinat să aleg această soluție? Ce lovituri de moarte mi-a dat destinul, atroce? Cum am fost adus la disperarea extremă? Nu, nu am suferit vreo deziluzie amoroasă. Nici nu am fost dat afară din slujbă. Nu mi-am pierdut averea în vreo combinație bursieră. Și nu am cunoscut o criză existențială. Pur și simplu am luat această hotărâre și vă voi ruga să nu insistați în a afla considerentele ei. Ascultați ce vă voi povesti și dați-mi atâta credit: am avut motivele mele.

Astăzi, pe la orele prânzului, am ieșit în oraș să mă sinucid. Știu ce veți spune: din moment ce vă povestesc, înseamnă că până la urmă nu m-am sinucis; așa că de ce-ați asculta o relatare al cărei final vă e deja cunoscut? Aveți totuși un pic de răbdare: veți vedea că merită să îmi acordați prețioasa dumneavoastră atenție. Așa că o voi lua de la capăt.

Astăzi, pe la orele prânzului, am ieșit în oraș să mă sinucid. Știu ce mă veți întreba: de ce am ieșit în oraș? Nu ar fi fost mai normal să îmi pun capăt zilelor la mine acasă, în intimitate? În fond, e o chestiune privată. Și poate că în felul acesta aș fi reușit, iar dvs. ați fi fost scutiţi acum de o poveste plicticoasă. Ba poate chiar cu tentă moralizatoare. Răspunsul meu e simplu: se cunoaşte că nu v-aţi sinucis niciodată. Pentru asta e nevoie de curaj, şi singurătatea e mai degrabă înfricoşătoare. Stimulează laşitatea din om. Dacă aş fi un lider de opinie, aş recomanda ca toate activităţile ce presupun curaj să se desfăşoare în public: vizitele făcute soacrei, repararea instalaţiei sanitare, intervenţiile stomatologice, prima partidă de amor şi toate celelalte. Cât despre sinucidere, veţi vedea din povestirea mea că aşa procedează cu toţii. Şi eu am fost uimit să o constat, dar astăzi toată lumea se sinucide pe stradă. Nu vă vine să credeţi? Mai bine ascultaţi.

Astăzi, pe la orele prânzului, am ieşit în oraş să mă sinucid. Ştiu ce obiecţie aveţi: de ce tocmai la orele prânzului? Ei bine, vă voi răspunde şi de data aceasta: mai lăsaţi-mă în pace cu întrebările voastre; am început să povestesc ceva şi îmi voi duce povestirea la capăt, fie că vă convine, fie că nu. Aşadar:

Astăzi, pe la orele prânzului, am ieşit în oraş să mă sinucid. Am luat-o, nu este greu de înţeles de ce, pe bulevardul central al oraşului. Aici roia lumea ca la balamuc, iar de maşini nu mai zic. Fum şi scrâşnete, şi vapori de benzină, resturi de cauciuc şi vopsea... Atât şi ar fi de ajuns pentru a te determina să-ţi iei adio de la lumea asta. Dar nu asta aveam de gând să vă spun. Nici pe departe. Mergând eu aşa, şi înjurându-i pe maniacii claxonagii, mi-a venit o idee. Una cu adevărat strălucită. Ştiu că aţi ghicit deja, dar lăsaţi-mi plăcerea de a vă povesti. „Ce mod mai simplu de a încheia socotelile, decât un salt în fața unei mașini? Un salt brusc, firește, pentru a nu-i da timp să frâneze. Impactul ar fi violent, dar datorită vitezei nu aș simți mare lucru. Sau cel puțin așa cred." Ei bine, abia îmi încheiasem gândul, că... (Nu, pe asta nu o puteți ghici; vă asigur.) Abia îmi încheiasem gândul, că un cetățean din fața mea, care până atunci fluierase voios (o arie de Mozart, dacă îmi aduc bine aminte), s-a rostogolit pe neașteptate în fața unui Volkswagen. Un salt de maestru, ce să mai vorbim, șoferul nici măcar n-a clipit. Am rămas mut, de surpriză și de admirație. Fusese oare un talent înnăscut sau exercițiul asiduu îl adusese atât de aproape de perfecțiune? Nu aveam să o aflu niciodată. Dar m-am hotărât, se înțelege, să îi urmez exemplul; și îi eram recunoscător celui ce îmi arătase drumul în viață. Mă rog, sfârșitul drumului, dacă vreți. Numai că lucrurile au luat o întorsătură neașteptată: mașina ucigașă (aici am o obiecție, să-mi fie cu iertare, dar eu unul aș fi ales un Volvo) a mușcat din bordură, a făcut o piruetă și s-a așezat de-a latul drumului. Altele câteva au intrat în ea, așa că s-a creat o busculadă, iar poliția a oprit circulația pentru tot restul zilei. Asta este, mi-am spus, pesemne că nu îmi e dat să mor sub roți de mașină. Și am plecat mai departe.

Mergând eu așa, mi-a mai venit o idee. Dar imediat după asta... Am văzut un cetățean, între două vârste, ieșind dintr-o farmacie – ați ghicit, aceeași la care mă gândisem și eu. S-a oprit pe trotuar, a dat pe gât un flacon lunguieț și s-a întins cât era de lung pe asfalt. M-am apropiat, l-am pipăit: nu mai respira. Am intrat, firește, în farmacie și am solicitat medicamentul pe care îl cumpărase insul de mai devreme. „În doză dublă", am cerut. Am fost avertizat că este extrem de periculos: „Mulți se plâng de efectele lui secundare". „Nu-i nimic, am răspuns, pe mine mă interesează efectul lui prim". Am înșfăcat sticluța și am zbughit-o afară. Unde, cu înfrigurare, am citit inscripția de pe etichetă: „Coca-cola". Am aruncat sticla unui biet cerșetor și am plecat mai departe. Se pare că nu-mi era dat să sfârșesc otrăvit.

Mergând eu așa, la ce credeți că m-am gândit? Nu, nu e greu de aflat: tocmai treceam prin fața unui magazin de menaj. De unde a ieșit un bătrân, cu un cuțit de bucătărie în mână, și-a tăiat beregata și s-a prăbușit pe trotuar, într-o băltoacă de sânge. Trebuie să recunosc că imaginea nu era una din cele mai încurajatoare, dar eu sunt un tip consecvent: am intrat și mi-am cumpărat un cuțit. Următoarele două ore mi le-am petrecut încercând să mă zgârii măcar cu lama boantă a „șișului", în așteptarea tocilarului ce agățase de clanța ușii un bilețel: „revin în cinci minute". În cele din urmă mi-am zis că nu îmi era dat să mor de armă albă și am plecat mai departe.

Mergând eu așa pe stradă, ce credeți că mi-a mai trecut prin minte? De data asta vă garantez că nu veți ghici: nu aveți de unde să știți că prin orașul nostru trece un râu. Tocmai mă plimbam pe podul din spatele gării, când am auzit un clipocit. M-am aplecat peste balustradă și am văzut câțiva bărbați scoțând afară, pe mal, o femeie într-o rochie verde. La fel de verde îi era și fața. Am așteptat să plece și m-am aruncat și eu, de pe pod. Nu am reușit decât să îmi pătez pantalonii (apa era infectă) și să îmi scrântesc un picior. Mda, uitasem că râul nostru nu are decât un metru și un sfert adâncime. Amărât peste poate că nici înecat nu îmi era dat să pier, am plecat mai departe.

În orele ce au urmat mi-au mai venit câteva idei, dar fără prea mare folos. M-am spânzurat de craca unui copac, dar s-a rupt frânghia, am încercat să îmi cumpăr o pușcă, dar nu aveam destui bani la mine, mi-am dat foc în piața centrală, dar a început imediat să plouă, m-am agățat de un cablu de înaltă tensiune, care din păcate era deconectat, am băut chiar o sticlă de „Coca", la care s-a dovedit că eram imun, în fine, m-am legat pe șina de cale ferată, dar după ce au trecut câteva trenuri pe lângă mine am realizat că eram pe linie moartă (ce ironie). Mai abătut și mai istovit după fiecare eșec, am plecat mai departe.

Mergând eu așa, am observat că se înserase. Trebuia, fie ce-o fi, să mai încerc o dată, înainte de a se întuneca de tot. Pentru că un om în toate mințile nu se poate sinucide noaptea. Oricât de disperat ai fi, odată ce apar luna și stelele știi că trebuie să te bagi în pat, pentru a trage un pui de somn. Și cu toate că nu îmi mai venea nici o idee, am avut noroc. Mă îndreptam deja spre casă și priveam în sus, înciudat, la cortina ce se trăgea peste minunatul cer albastru de peste zi (mai puțin jumătatea de oră când a plouat), când, ce să vezi? Ce am văzut și eu. De sus de tot, de la etajul paisprezece al unuia din cele mai înalte blocuri din oraș, o bătrânică s-a aruncat în golul de dedesubt. Care nu era chiar atât de gol, după cum s-a putut vedea în următoarele clipe. M-am apropiat de locul impactului, cu speranță, cu respect și cu venerație. Poate nu mă veți crede, dar imaginea acelui loc era splendidă. Nici urmă de baltă de sânge, de piele, de oase strivite. Nici urmă, de fapt, de babetă. Se sublimase de-a dreptul la contactul cu solul, și nu se mai putea zări pe acesta decât o urmă firavă, un abur, un contur, o părere. Ultimele rămășițe ale bătrânei se pierdeau în aer, în parfum de liliac și tămâie. Mi-este atât de greu să vă redau ce era în sufletul meu: îmi găsisem, în sfârșit, izbăvirea. M-am îndreptat spre ușa de intrare în bloc, și pesemne că aș fi sfârșit și eu precum baba, dacă nu aș fi dat peste următorul anunț: „ascensor în revizie tehnică". Mi-am spus atunci că e un semn ceresc: nu îmi era dat să mă sinucid în seara asta. Iar dacă mă veți întreba de ce n-am urcat pe scări – cu subtextul parșiv că nu mi-aș dori moartea cu adevărat – vă voi aminti că mi-am scrântit piciorul în râu; și vă voi reproșa că nu m-ați urmărit cu atenție. Așa că am renunțat, și m-am întors acasă.

Știu la ce vă gândiți: probabil că nu-mi este dat să mor de propria-mi mână. Dar mie nu îmi place să trag concluzii pripite. Acum o să mă duc la culcare, iar mâine (pe la orele prânzului) o să ies din nou în oraș, să mai încerc. Sau poate că o să mă apuc de fumat.

Fugarul

PRIMA DATĂ CÂND A EVADAT, s-a speriat grozav. Nu avea decât doisprezece ani și până atunci fusese un băiat liniștit și sfios. Poate prea liniștit, poate prea sfios, dar asta nu putea explica grozăvia ce s-a întâmplat. Și care a urmat unei alte grozăvii, explicabile. Mama sa a murit. Și nu în orice fel, ci îngropată de o avalanșă, pe pârtia de ski, în seara unei plăcute zile de decembrie. Plecaseră împreună, toți trei, pentru o vacanță de o săptămână, la munte, și chiar din prima zi... Adevărul este că o asemenea întâmplare e greu de relatat. Dar să încerc.

După o plimbare de dimineață prin cocheta stațiune montană, după un prânz copios la restaurantul din centru, și după siesta de după-amiază, părinții săi s-au dus la ski, lăsându-l în curtea cabanei, să se joace cu alți prichindei. Avea doar zece ani.

La un an și jumătate după noaptea de frig și mister în care călătoriseră singuri, în tăcere, cu trenul ce îi ducea înapoi, acasă, către o nouă viață ce încă nu își deslușea înfățișarea, s-a petrecut catastrofa. Tatăl său, mai tăcut și mai bătrân decât oricând, s-a ivit în prag cu o femeie. L-a privit în ochi pe Eric (așa îl chema pe băiețaș), ca și cum ar fi vrut să îi ceară iertare. Băiatul a înțeles și părea a fi acceptat noua situație, când, pe neașteptate, o săptămână sau două mai târziu, s-a declanșat criza. Era singur în casă și, aparent fără motiv, s-a ridicat de la televizor, a apucat cu amândouă mâinile vaza de porțelan de pe masă și a izbit-o cu putere de oglindă. Apoi și-a pierdut cunoștința.

Când s-a trezit, a doua zi dimineață (sau poate peste un an, sau mai mulți), nu și-a mai recunoscut camera. Tavanul (primul pe care l-a zărit) fusese vopsit în galben, iar pe pereți atârnau, multicolore, fel de fel de măști și figuri. Din camera alăturată, spre care dădea o ușă albastră, se auzea o voce bărbătească necunoscută. Avea să afle în curând că arătarea înaltă, vag blonzie (unde era barba ca pana de corb a părintelui său natural, cu cei câțiva peri argintii?) și cu ochelari pătrățoși era noul său tată. Mama (nevasta albinosului) era o gospodină gră-sună, veșnic binedispusă, chicotitoare. Lui Eric (acum îl strigau altfel) îi veni mai ușor decât s-ar putea crede să se obișnuiască cu noua sa situație. Poate că la asta a contribuit și firea sa distantă, contemplativă, hrănită de lecturi premature. În orice caz, după primul moment de șoc, extrem de intens (noii săi părinți au chemat medicul, disperați), și-a revenit și s-a adaptat. În scurt timp a învățat că trebuie să răspundă la numele de Karl, că îi plăceau mandarinele și cățeii, că avea note mari la istorie și că detesta maioneza. Părinții săi actuali (Eric, acum Karl, nu realiza că își recâștigase dreptul de-a avea o mamă) se purtau cu el ca și cum l-ar fi crescut din totdeauna, și nimeni n-ar fi putut spune dacă erau sinceri ori se prefăceau. Judecând după nivelul lor de inteligență, mă voi hazarda să presupun că erau sinceri. Iar Karl se simțea tot mai bine. Până într-o zi când destinul hotărî să îl lovească din nou. Daniel, pitbull-ul său, mușcase un copil până la os, și acum autoritățile cereau să fie predat în vederea euthanasierii. După discuții aprinse, după ore de veghe febrilă, tatăl său cedă. Nu avea încotro. L-au condus cu toții pe Daniel până la poartă, unde nesuferitul de polițai îl înhăță și îi făcu vânt în dubă. Karl se întoarse primul în casă și, cu ochii împăienjeniți, se îndreptă spre vitrina cu bibelouri.

A urmat o perioadă mai lungă, în casa unui director de bancă. La sfârșitul acesteia, și Johann (așa îl chema acum) s-a mirat că rezistase atât. Nu că i-ar fi lipsit ceva. Era iubit și răsfățat și i se făceau toate poftele. Dar directorul și soția lui aveau din păcate și o fată. Cu doi ani mai mică decât el, plângăcioasă, mincinoasă și răzgâiată, îl scotea efectiv din sărite. Era cea mai nesuferită ființă din câte cunoscuse vreodată. A suportat-o, totuși, o vreme, răbdându-i toate toanele. Ce n-a mai putut răbda a fost incendierea colecției sale de reviste de aviație. Johann, care pusese de mult ochii pe o amforă antică, a evadat din nou.

În anul care a urmat (ultimul al copilăriei sale) a schimbat peste zece familii. Nu a stat prea mult nicăieri. Ajunsese să evadeze la simpla vedere a noilor sale rude, iar apoi doar din plăcerea perversă de a-i uimi pe cei apropiați cu dispariția sa neașteptată.

Cât despre ritualul de evadare... Descoperise deja că darul său deosebit nu avea nici o legătură cu vazele și bibelourile sparte, dar se amuza să le facă țăndări pentru a lăsa o urmă a Trecerii sale. Ca un soi de semn al lui Zorro. Se apropia de vârsta adolescenței și pre-simțiri nelămurite îi accentuau dezechilibrul.

Cu toate acestea, când s-a îndrăgostit prima oară (avea să fie și ultima) s-a simțit în al nouălea cer. Avea aproape 17 ani și era sigur că vagabondajul său a luat sfârșit. Curând avea să se însoare și să se așeze la casa lui. Nu va mai fi copil, ci părinte. Nu va mai avea nici un motiv să evadeze. Dar când și-a luat inima în dinți și a făcut cuvenita declarație de dragoste (despre care citise atâtea pagini înălțătoare), fata l-a privit disprețuitor și i-a întors spatele. De mânie, și de frustrare, a sacrificat un serviciu de cristal de Boemia din holul Muzeului de Artă. Aparținuse cândva Împăratului.

În existența următoare s-a trezit că avea deja o iubită. Asta i s-a părut incredibil. Era cu câțiva ani mai mare decât el și îl copleșea cu atențiile cele mai înduioșătoare. Iar el, care nu se mai atinsese de o femeie, o uimi cu pasiunea lui bruscă și răvășitoare. A fost fericit vreme de o lună. Poate chiar cinci săptămâni. În prima zi a celei de-a şasea a făcut imprudenţa de a se duce la ea acasă, neanunţat. A găsit-o, cum era de aşteptat, în braţele unui chelios de vreo 40 de ani. A respirat adânc, reţinându-şi şuvoiul de lacrimi, după care a luat un sfeşnic din sticlă şi l-a sfărâmat de ţeasta golaşă a rivalului.

A învăţat astfel să nu aibă încredere în femei. Avea totuşi nevoie de ele, aşa că le schimba ca pe şosete, lăsându-le ca amintire doar cioburi. Nici măcar nu ţinea, ca alţi Înşelători, o evidenţă a cuceririlor. Poate pentru că nu erau cuceriri: nici o femeie nu se lăsa sedusă de el – pe toate le primea de-a gata, odată cu noul nume, odată cu noua adresă. Hertha, Ingrid, Rosamunde, toate îi erau egal de indiferente, şi le părăsea doar pentru a le face să sufere. Să simtă şi ele un pic din chinul lui nesfârşit.

La un moment dat, s-a petrecut o schimbare. Nici el nu şi-a dat seama imediat. Fie pentru că îmbătrânise (avea deja 30 de ani), fie ca urmare a recentelor sale lecturi filosofice (îi căzuseră în mână câţiva existenţialişti), îşi pierdu orice interes pentru femei. Altceva căuta acum, trecând dintr-un sine într-altul: un loc al lui, suportabil, o viaţă care să merite trăită până la capăt. Se domolise? Se risipiseră oare fumurile amăgitoare ale tinereţii? Nu cred. Mai degrabă trecuse într-o altă fază, acută, a aceleiaşi boli. Vâna, cu înfrigurare sporită, Absolutul. Acel loc, sau timp, din care să nu mai dorească să plece.

Dar Lumea, schimbându-se întruna, se încăpățâna să rămână aceeași. Johann, apoi Franz, apoi Gottlieb, apoi Ralph, și din nou Johann, și Georg, nu erau decât fețe înșelătoare ale aceluiași monstru veșnic nemulțumit.

Iar Darul, Darul lui... într-un târziu, crezu că a înțeles: nu era un Dar, era un Blestem. Ceilalți, oamenii de rând, puteau, în momentele de restriște, să viseze la o lume mai bună. Lui așa ceva nu îi era îngăduit. Le văzuse deja pe toate și știa că sunt toate la fel.

Nu Lumea trebuia schimbată – avu el o Revelație – ci Altceva, mai profund. Ceva insesizabil și totuși mai încăpător decât toate lumile imaginabile. Dar ce era acel Ceva, nu ar fi putut spune.

S-ar fi spânzurat cu siguranță, ori și-ar fi retezat venele, dacă nu s-ar fi temut că se va trezi din nou, ca de obicei, pierzându-și și ultima speranță de scăpare.

Istovit, scârbit, sătul și de luptă, și de fugă, poposi pentru mai bine de zece ani într-un azil de săraci. Aici nu avea nume, nici vârstă și se putea lăsa în voie în brațele generoase ale Uitării. Lâncezea voluptuos, și mințile, câte mai avea, îl părăseau pe rând, precum pe stejarul cel falnic frunzele amorezate de sol.

Până într-o noapte, când avu un vis incredibil. Nu semăna cu nimic din ce visase până atunci. Sublim, sfâșietor, fascinant, îl răscoli până în străfunduri. Se făcea că era iar copil și privea un pom înflorit. Și fiecare petală, strălucind ca o lună plină în fașă, îl îmbia cu chemări de negrăit. Iar el, el își lepăda hainele cu încetinitorul, se scutura ca după un somn adânc și, fără să își dea seama cum, se înălța ușor deasupra pământului, plutind prin grădina înmiresmată alături de frații săi fluturii. Cutreierau fără griji lunca toată, sorbind nectarul proaspăt al gazdelor lor primitoare. Și, deasupra Grădinii, zâmbind cu gura până la urechi, se întindea chipul vaporos al Moșneagului, cu pleoapele pline de rouă. Se pierdea așa în corole, cât era ziua de lungă, și noaptea nu mai venea.

A doua zi dimineață evadă din nou. De data aceasta însă, ca orice deținut prăpădit. Escaladă zidul azilului, julindu-și genunchii slăbiți, și se lăsă să cadă pe pământul uscat. Se ridică gemând și porni la drum. Merse fără oprire până seara târziu, când ajunse într-un sat. Intră hotărât în biserică, fără să își facă cruce, și înaintă către o statuie a Fecioarei. O privi, în transă, și întinse mâinile către gâtul ei delicat. Și le retrase ca ars. Le scutură de câteva ori și le întinse din nou.

Desene animate

ASEARĂ TÂRZIU am urmărit-o pe Minnie. Bănuiam de mult că mă traduce, dar nu știam cu cine, și turbam de gelozie. Măcar să aflu, să cunosc vinovatul, să știu pe cine să mă răzbun.

Zis și făcut. Am așteptat-o să iasă de la serviciu (este coafeză într-un institut de reeducare a minorelor) și mi-am început munca. Asta pentru că vă vorbește un adevărat profesionist al urmăririlor – de peste șase ani, în calitatea mea de detectiv particular, sunt spaima soților infidele și a bărbaților în căutare de aventuri. Dar nu credeam, ca să fiu sincer, că voi ajunge să lucrez pentru mine.

Adevărul e că degeaba voi încerca eu să mă auto-povestesc în ipostaza de super copoi: ca să puteți aprecia măiestria mea desăvârșită ar fi trebuit să fiți la fața locului; să mă urmăriți, cu alte cuvinte, așa cum eu o urmăream pe nevastă-mea. În meseria mea, pe nedrept disprețuită de unii, în mod exagerat idealizată de alții, am ajuns să fiu un adevărat as. Un As de Treflă, ca să fiu mai exact (nu, modestia nu-și are locul aici: v-o las dumneavoastră, care nu aveți cu ce vă lăuda).

Încercați totuși să vă imaginați un individ incredibil de arătos (e drept că sunt cam micuț, dar ăsta e de multe ori un avantaj), oarecum în genul Clark Gable: oacheș, cu mustața stufoasă și cu pălăria pe o ureche. Priviți-l cum se strecoară pe ulicioare și bulevarde, dibaci și discret ca o umbră, nescăpând nici o clipă din ochi nefericita sa Pradă. Priviți-l cum se folosește de cele mai mici detalii ale decorului citadin pentru a se camufla la perfecție. Priviți-l, ascultați-l și admirați-l cum culege informații de pe traseu, de la cei mai feluriți indivizi. Asta e Marea sa Artă.

Cunosc prea bine întreaga faună a străzilor. Îi știu și pe borfașii mărunți, și pe „patroni", pe vânzători, pe cântăreți și pe lustragii. Cunosc toți peștii, toate pipițele și toți comișii-voiajori. Îi știu prea bine pe polițai, pe frizeri și pe bicicliști. Și ei mă știu pe mine și mă respectă: am faima absolută de a nu putea fi tras pe sfoară, de a nu mă teme de nimeni și de nimic și de a ști să ies cu bine din orice situație, oricât de complicată. De la cei câțiva polițiști incoruptibili (niște maniaci, fie vorba între noi) până la numele cele mai de temut din lumea interlopă (altfel, băieți buni, și foarte glumeți), toată lumea mă tratează cum se cuvine. Cât despre femei, este inutil s-o mai spun, sunt fără excepție amorezate de mine. Mă sorb literalmente din priviri, pofticioase, îmi aruncă ocheade, zâmbete, bilețele. Însă eu nu am ochi decât pentru Minnie a mea; doar sunt în misiune, ați uitat?

Am pornit așadar, pe la orele cinci post-meridian, într-o aventură ce va rămâne mult timp fără egal. Când îmi voi vinde drepturile de autor, voi deveni bogat peste noapte. CNBC-ul (Cartoon Neighbourhood

Broadcasting Company) și CNN-ul (Cartoon-Nation Network) se vor bate pe relatările mele și le vor difuza, pe bani grași, în întreaga lume. Mă voi lăfăi atunci, fără griji, într-un hamac de la Tropice, sorbind limonadă cu paiul. Frumuseți exotice îmi vor masa urechile și degetele de la picioare, îmi vor pieptăna ore în șir mustățile, mă vor gâdila sub bărbie cu pene de struț.

Dar până atunci, să mă răfuiesc cu consoarta. Adevărul e că aseară era mai frumoasă ca orișicând, ceea ce îmi înțețea gelozia. Era îmbrăcată într-o rochiță roșie, cu buline albe (sau poate invers, rochia era albă, iar bulinele... nu mai știu, dar în orice caz era ceva cu buline), avea cizmulițe noi-nouțe (făcute cadou chiar de mine, de ziua ei, nu demult), o pălărioară nostimă-foc (sau poate un batic), iar în jurul gâtului ei superb se odihnea un minunat guler din coadă de pisică. Nu mare mi-a fost mirarea (v-am spus doar, aveam bănuieli serioase) când am văzut că, în loc să coboare la prima stație de metrou, a luat-o la dreapta, pe Candy Avenue. Și totuși, de ce să vă mint, am simțit o strângere de inimă când am văzut că presimțirile mele cele mai rele se adeveresc. Însă m-am ținut tare; doar sunt bărbat, nu momâie.

Am cotit și eu la dreapta, la timp ca să o văd cum intră într-un supermarket – la „Cookies". „Ciudat loc pentru o întâlnire amoroasă. Ori poate că se teme și vrea să se piardă în mulțime. Nici o șansă, dragostea mea, îl ai pe urme pe cel mai bun detectiv."

Am intrat în magazin și m-am îndreptat, din instinct, către raioanele de confecții. Aici, ascuns după niște umerașe cu rochii, am supravegheat cabinele de probă. Dintr-una a ieșit la un moment dat o siluetă minionă, în pelerină de ploaie, cu glugă. Vă rog să mă credeți că, în ciuda împrejurărilor, nu mi-am putut înăbuși un sentiment de admirație: care va să zică a învățat ceva de la mine.

Mi-am continuat urmărirea, din ce în ce mai jenat de fluxul de pietoni ieșiți pe stradă după terminarea programului de lucru. Valuri-valuri treceau prin fața mea, încurcându-mă. Erau motani, dulăi cât casa, măgăruși, hipopotami, urși, gazele și tucani, în fine, domni și doamne de toate formele și culorile. Dar, cu toată diversitatea, ceva comun îi unea: cearcănele săpate sub ochi de cele opt ore de lucru în fața calculatoarelor. Vă rog să mă credeți că meseria mea este primul dintre lucrurile care mă fac fericit: nimic nu se compară cu o activitate desfășurată în aer liber, în continuă mișcare. Prefer de o mie de ori străzile noastre nu întotdeauna curate, atmosfera duhnind a benzină și pândele nesfârșite în ploaie – birourilor cu scaune ergonomice și aer condiționat. Comoditatea este o otravă lentă ce ni se strecoară în oase, pătrunzând prin molateca măduvă până în centrii gândirii. Iar odată instalată aici... Vai, dar ce spuneam? Că nimic nu mă poate face fericit precum modesta mea muncă? Mint, mai este ceva: o clipă (oricare din ele) în compania soțioarei mele iubite. De câte ori nu mi-am refăcut puterile după câte-o săptămână epuizantă la simpla vedere a zâmbetului ei minunat? Dar vremurile acelea s-au dus: acum bănuiala, insidioasă, a luat locul armoniei de altădată. Și iată unde-am ajuns: o vânez ca pe o târfuliță de rând.

Ah, ce catastrofă! Și ce rușine! Preocupat să îmi notez impresiile pentru posteritate, și furat de amara filosofare, am pierdut-o pe Minnie. Bulevardul mustește de oameni, și ținta mea nicăieri. M-am luat cu mâinile de cap; pe unde să fi luat-o? Am încercat să ghicesc. Uneori, în situații ca aceasta, efectiv n-ai încotro – apelezi la intuiție ca la ultima cale. Altfel, prea puțin recomandabilă.

Am hotărât că era foarte probabil să fi cotit pe Chocolate Street, către parc. Am luat-o și eu pe acolo. Nu știu cât am fost de inspirat, pentru că, în grabă, am dat nas în nas cu un urs. (Vorba vine nas în nas, având în vedere diferența de gabarit). Era celebrul Yogi, fost campion olimpic la trânte și proprietar al unei săli de întreținere fizică. (În treacăt fie spus, disprețuiesc asemenea localuri: adevărații bărbați se călesc pe stradă). Intenționam să îi cer scuze pentru neatenție și să îl întreb dacă n-a văzut-o pe Minnie, când a început să mormăie. „Încotro, gânganie? M-ai călcat pe coadă." Și, râzând ca de o glumă reușită: „te fac o luptă, ca între voinici?". Cum nu refuz niciodată o astfel de provocare, m-am îndepărtat în viteză, pentru a-mi lua avânt. Din păcate însă, înainte de a mă întoarce spre el, am alunecat pe o coajă de banană și m-am trezit întins pe spate. Fără pic de fair-play, matahala s-a aruncat asupră-mi și a început să mă calce în picioare, jucând tontoroiul pe burticica mea. „Ce stil de lupte mai e şi ăsta, fiară?". „Noul Yogi-style, bătuta în noroi". După vreo zece minute de dănţuială, s-a plictisit şi a intrat în taverna de vizavi, să bea un butoi de bere.

N-aş vrea să vă faceţi o impresie greşită despre mine, în urma acestei nefericite întâmplări. Vă asigur că a fost un accident. Dacă nu aş fi alunecat, l-aş fi învăţat eu minte. Cât despre puştiul care a mâncat banana şi nu a aruncat coaja la gunoi... Ascultaţi-mă pe mine, tânăra generaţie nu mai ştie de vorbă bună. Dacă aveţi copii, să-i educaţi cu cravaşa.

Şifonat, mototolit, mi-am continuat drumul şi eram gata să ies din străduţă, înspre Icecream Park, când l-am văzut pe Goofy, poliţaiul. Se postase în mijlocul drumului, într-o atitudine deloc binevoitoare, şi se vedea că îmi caută pricină. (Vă este cunoscută, sunt sigur, rivalitatea milenară dintre breasla noastră şi aceea a sticleţilor). Mi-am compus o ţinută demnă şi am încercat să trec printre picioarele lui. M-a oprit cu latul bocancului.

„Mişule, zise el, dă-te din calea mea sau te fac piftie". Detest să mi se spună Mişu. Am ridicat un cataroi de pe jos şi... Adevărul e că nici n-am apucat să mă aplec, dar lăsaţi-mă să-mi duc fantezia până la capăt. Măcar în faţa dumneavoastră să trec drept un învingător. Am luat aşadar ditamai piatra şi am proiectat-o drept în fruntea Goofiathului. S-a clătinat, nenorocitul, dar nu a căzut. Aşa că am mai luat o piatră şi... Dar între timp apăruse şi amicul său Wally. Cred că îl ştiţi, e ditamai crocodilul (sergent de stradă, în argou). Și dacă nu îl știți, cu atât mai bine. Vă invidiez. Am lăsat piatra și am trecut la măsuri radicale. Mi-am suflecat mânecile și mi-am luat poziția de luptă. Firește că în acest moment, orbiți de strălucirea bicepșilor mei, au luat-o amândoi la goană, zbierând.

„Ei, Mișule, zise Goofy după ce șterse trotuarul cu mine, sper că ai tras ceva învățăminte." După care îmi mai trase câteva scatoalce, de adio. Însă abia acum apăru și Wally, așa că am mai avut parte de o tăvăleală pe cinste. Nici nu știu cum de am scăpat viu.

Am încasat-o zdravăn, recunosc, dar pot spune că a meritat, pentru că puțin după aceea mi-am revăzut jumătatea. Am recunoscut-o, de la distanță, într-o puștoaică îmbrăcată cel puțin derutant: geacă de piele, blugi cu franjuri, spălăciți, și o fundă albastră în coadă. Se pregătea să iasă din parc, iar eu abia intram, așa că am mărit pasul. Ba, la un moment dat, am început chiar să alerg. Ajunsesem pe la jumătatea aleii principale, când m-am trezit trântit în bot. Cel care îmi pusese piedică era Speedy Gonzales – un traficant de droguri mexican. *„A donde vas tan de prisa?"* I-am răspuns în limba lui mizerabilă: „Alergos de placeres, senior, para mentiner mis formidables condition fizica". Lângă el, maică-sa vitregă, Albă-ca-Zăpada, așteptând ieșirea de la școală a piticilor amatori de omăt halucinogen. „Stai să vezi condiție fizică, pricăjitule". Și, de ciudă că le zădărnicisem cândva niște afaceri murdare, m-au prins și m-au cotonogit ca la carte. Și firește că iarăși i-am pierdut urma consoartei.

La ieșirea din Icecream Park (unde mă plimbam cu Minnie pe vremea logodnei – tocmai începea primăvara și totul înmugurea), vestiții gemeni Heckle & Jeckle (proaspăt ieșiți de la mititica) jucau barbut pe un cablu de înaltă tensiune. Unul din ei (nu știu care) mi-a scuipat drept în cap. „Ciorile dracului", am scrâșnit printre dinți. La care (naiba știe cum au auzit) au sărit în aer de furie. „Nazist împuțit, extremistule, rasist de două parale, nu ai respect față de minorități". Și m-au zburătăcit de nu m-am văzut.

Ciufulit, zăpăcit, am luat-o pe Dolls Lane, o ulicioară dosnică unde am dat peste motanul Tom, de felul lui gunoier-șef. „Taxa de trecere prin sectorul meu", a miorlăit el, cu o octavă prea sus. „Haide, măi Tommy, nu fi măgar, doar nu ne cunoaștem de azi – de ieri" „Cui îi spui tu Tommy – *sir Thomas Garbage, please*". După care a pus gheara pe mine și m-a deșălat în bătaie.

Odată scăpat, am ajuns în Carusel Square, unul din cele mai rău-famate locuri din oraș. Aici am avut însă o surpriză plăcută: l-am întâlnit pe Popeye. Nu v-am mai pomenit de el? Mă mir, e un băiat cu totul deosebit – numai bun de pus pe rană. În viața de zi e plasator la Filarmonică. În cea de noapte, cam la fel: plasează gagici prin paturile amatorilor. Poate aflu ceva de la el. I-am spus pe scurt ce mă doare. „Mișulică, mi-a răspuns el blajin, fă-mi și mie te rog un serviciu.

Lustruiește-mi bocancul – stângul – cu limba: s-a așezat o muscă pe el și mi-e că l-a găinățat." Până să apuc să protestez, m-a luat de ceafă și mi-a strivit nasul de șireturile lui jegoase. După care a rânjit satisfăcut. Dă-o încolo de Mini, am eu una – maxi – pentru tine. Îți fac și reducere – te costă doar dublu. A fluierat și a apărut Olive, o deșirată, una dintre fetele lui de nimic. Dar rea de gură, cât cuprinde. „Eu, să merg cu stârpitura asta? Nu vezi că abia îmi ajunge la glezne? Cred că ai cam luat-o razna, Popică". La care proxenetul n-a mai insistat. Mi-a tras un șut în dos și m-a proiectat zece străzi mai spre nord.

Pe Chase Avenue am văzut-o pe Pantera Roz – în ciuda numelui și a culorii nu este o femeie, ci un travestit; unul dintre cei mai vicioși. Am încercat să îl ocolesc, dar m-a zărit și mi-a tăiat calea. „Ia fă-te încoace, sfert-de-buletin. Am o surpriză, un cadou pentru tine." Adevărul este că mă iubește ca sarea în ochi: nu poate uita că vara trecută l-am demascat (nu mă întrebați cum) chiar în fața altarului, unde era să fie luat de nevastă de miliardarul Bluto. Mi-a tăiat deci calea, a scos o lamă de ras din poșetă și m-a tăiat și pe față, de la ureche până la bărbie. Asta da nenorocire: eram atât de frumușel! Cum o să mai ies eu de-acuma în lume? Deși, pe de altă parte, o cicatrice este un semn de distincție. Și, în meseria mea, poate trece drept o dovadă de bărbăție. Tot răul spre bine – sunt un optimist.

Am observat – să nu credeți că nu – că am tendința de a pune accentul pe faptele mele de arme, pe isprăvile mele de vitejie, în dauna urmăririi propriu-zise. Şi vă simt, dincolo de literele pe care le tastez, gata să mi-o reproşaţi. Textul meu vă intrigă. Ce este acesta – vă întrebaţi cu îndreptăţită îngrijorare – un love-story sau un film cu bătăi? Este o poveste de dragoste, prieteni, să nu vă îndoiţi nici o clipă. Şi dacă apelez la mijloace mai puţin obişnuite pentru a o relata, înseamnă că nu pot proceda altfel. Iubirea e sublimă, şi crudă, şi pretenţioasă, şi trebuie să ştii să încasezi lovituri ca să fii demn de ea. Citiţi printre rânduri şi nu mă veţi mai vedea pe mine, detectivul snopit în bătaie la fiecare colţ de stradă; suspendaţi-vă simţul critic, citiţi cu ochii sufletului şi mă veţi vedea pe mine, îndrăgostitul, a cărui inimă bate doar pentru iubita mea. Minnie, Minnie, Minnie, Minnie, Minnie, Minnie. Te voi regăsi oare?

Tocmai îmi pierdusem orice speranţă, când i-am văzut codiţa strecurându-se pe intrarea din dos a unui cazino. Am încercat să intru şi eu, dar un paznic solid m-a dat de-a dura pe scări. M-am strecurat însă pe gura de aerisire. Ce vă spuneam eu că e un avantaj să fii mic? Iată-mă acum în opulenţa indecentă a sălilor de joc. Aici putrezeşte noapte de noapte elita metropolei noastre, printre jetoane multicolore. Mi-am început slalomul printre domni în smoking şi doamne cu decolteuri ameţitoare, însă am avut şi de data asta ghinion: prima cunoştinţă întâlnită a fost răţoiul Donald – cartofor înrăit şi trişor – îi datorez o groază de bani. Am jucat cu el, cu Jaune-Tom şi cu Mowgli, acum vreo două săptămâni și a ieșit prost de tot. „Până aici ți-a fost, Mișuleț", mi-a șuierat el, și le-a făcut semn amicilor lui. M-au înghesuit toți trei pe un coridor lăturalnic și m-au luat la nenorocire. Au dat în mine ca la fasole până a apărut Daisy, amanta lui Donald. Drăguța de ea i-a oprit, ca să îmi dea în cap cu umbrela.

Căpiat, deșelat, am intrat în barul cu program de strip-tease al lui Aladdin, unde crainicul Pluto, cu vocea răgușită de atâtea trabucuri, tocmai anunța senzaționalul show al celor două dansatoare la bară: Sleeping Beauty și Cinderella. Le-am aruncat și eu o privire (de vreun sfert de oră), am dat pe gât o dușcă și am ieșit. Scos în șuturi de doi haidamaci.

Pe unde am mai luat-o? Pe Seesaw Alley, unde am dat de alt motan, și culmea, tot Thomas. (Trebuie să vă spun că îi detest pe motani). Era la braț cu Ducesa, o matroană cu ifose, pe care pesemne că vroia s-o impresioneze. „Băi, Michiduță, îmi zise O'Malley, cine ți-a dat permis de trecere prin cartier?" Ori nu știi că aici eu sunt boss? Ia pune, băiete, de câteva zeci de flotări". Și fiindcă, viteaz cum sunt, m-am opus, m-a bătut de m-a zvântat.

A urmat apoi, pe Fireworks Street, întâlnirea cu Fred Flinstone, o gorilă primitivă și respingătoare, cu o bâtă uriașă în mână. Se pare că intrasem pe teritoriul lui. Mi-a vorbit cu neașteptată blândețe. „Ce cauți pe strada mea, secătură? Fă stânga-împrejur imediat!" M-am executat, ce era să fac? Dar în spatele meu se strecurase alt golan, Barney. Căzusem într-o ambuscadă, ce să mai. Mi-am dus mâinile la spate, am închis ochii și am așteptat. Nu cred că mai este necesar să vă povestesc ce a urmat.

Vreți să știți cine m-a mai bătut în seara asta de pomină? Să văd dacă mi-i amintesc pe toți: au fost Bugs Bunny, Woody, încă un urs, Baloo, și mai mătăhălos decât Yogi, Daffy Duck, șofer de camion, Chip și Dale, doi hoți de buzunare, pinguinul Chilly Willy și încă vreo douăzeci.

Istovit, deprimat, m-am îndreptat în cele din urmă spre casă. Unde Minnie a mea nu mă aștepta. Aveam în gură un gust amar, în cap o viespe zumzăitoare, în pantofi lingouri de plumb. Mă gândeam, cât se poate de serios, să mă sinucid. Ce rost mai are o viață dusă în singurătate și în durere? Am urcat pe scări, până la etajul zece, am învârtit cheia în ușă și am intrat. Și atunci... Nu, nu pot găsi cuvintele potrivite pentru ce am simțit în acea clipă. În casă plutea o aromă divină, un parfum fără egal, un iz paradisiac. M-am îndreptat spre bucătărie, unde iubita mea soție, cu un șorț grațios în jurul șoldurilor ei minunate, aranja pe un platou o grozăvie imensă și aurie. Ce ți-e și cu femeile astea! Toată seara muncise la plăcinta mea preferată, în vreme ce eu hoinăream de nebun. Umil, recunoscător, m-am îndreptat spre ea să o sărut. „Mickey, iubitule, zise ea, ai venit, în sfârșit!" După care, schimbând brusc tonul: „unde ai umblat până acum, haimana ordinară?" Și luă de pe masă ditamai reteveiul.

Dreaming

I

MĂ CHEAMĂ FELIX, sunt foarte, foarte tânăr (am vârsta unui bebeluş) şi locuiesc la etajul 1 al unui bloc din cartierul de est al oraşului nostru murdar. Am fost adus aici, puţin timp după naştere, într-o maşină de culoare galbenă care m-a zdruncinat grozav, probabil din cauza gropilor din carosabil. Dacă vă întrebaţi cum de ştiu toate acestea, dată fiind vârsta mea fragedă, înseamnă că mă subestimaţi. Şi zău că nu este cazul. Lumea care se perindă pe la mine prin cameră mă priveşte cu admiraţie. Cu toţii spun că sunt frumuşel, şi pe deasupra foc de isteţ. Mă mângâie, mă alintă, mă supun la tot felul de teste, şi se pare că mă descurc de minune.

Trebuie să vă spun câteva vorbe şi despre părintele meu. Mai întâi de toate că nu îmi este propriu-zis părinte. Cum să vă explic eu ca să pricepeţi (nu, nu vă subestimez eu acum, doar că îmi este greu să mă fac înţeles – poate şi unde nu deţin încă un vocabular suficient de bogat)? Sper ca relatarea mea să nu vă şocheze. Adevărul e că părintele meu (nu m-am hotărât dacă să continui să îi spun aşa sau să caut un alt termen, mai potrivit) nu m-a născut, cum ar fi fost normal, ci m-a cumpărat de la piață. Piața de copii. Probabil că, dintr-un motiv sau altul, nu se simțea în stare să îmi dea naștere, așa că a făcut o comandă și niște profesioniști (specialiști în făcut copii) m-au livrat.

De fapt, nu mă interesează dacă sunteți șocați ori nu. Mie unuia, statutul meu îmi convine de minune. Sunt îngrijit, atent verificat, hrănit și șters zilnic de praf. Nu mi se refuză nimic din ce mi-aș putea dori.

Părintele meu e totul pentru mine. Pentru el exist, și faptul că este mulțumit de mine mă motivează. Mă face să simt că am un rost pe lume. Relația noastră este perfectă. El îmi spune ce să țin minte, și ce să uit. Și eu uit. El guvernează Ziua, și Noaptea. Îmi comandă când să fiu activ, și când să mă odihnesc. Și mă odihnesc. Nu știu cum vi se pare dumneavoastră, dar eu nu am nici un fel de orgolii. Totul este atât de simplu și minunat. Cânt pentru el, jucăm jocuri, îmi spune felurite povești. Duc cea mai bună existență ce se poate imagina.

II

A trecut ceva timp de când v-am relatat prima parte a poveștii mele și, de atunci, s-au petrecut atâtea... Fără să mă laud, trebuie să vă spun că am evoluat enorm. O recunoaște până și *master-ul* meu (așa m-am hotărât până la urmă să-i spun), extrem de impresionat de calitățile mele. Dar să vă spun ce fac, în mod concret. Am ajuns, practic, să fiu secretarul său personal, omul său de încredere. *Master-ul* nu mai face nici un pas fără să mă consulte. Și pe cuvânt că are de ce. Am întotdeauna pentru el informații pertinente, ireproșabil arhivate. Și nu obosesc niciodată. Sau cel puțin, nu simt niciodată nevoia să mă relaxez. El are nevoie, destul de des, și atunci mă obligă și pe mine – v-am mai spus-o – să mă odihnesc. Când obosește, obișnuiește să stingă lumina, chemându-mi Noaptea. Asta durează până când cheful de lucru îi revine și atunci îmi cheamă Ziua, aprinzând lumina. Este un ritual absurd, pe care nu reușesc să îl înțeleg, dar cu care m-am obișnuit.

Cât despre el... Are o minte impresionantă, imprevizibilă, dar total lipsită de sistematizare. Din punctul ăsta de vedere, poate lua lecții de la mine. De altfel, a început să își recunoască limitele, și mă lasă pe mine să îi ordonez gândurile. Se așează la biroul de lucru, și eu sunt acela care îi întinde, pe rând, instrumentele de care are nevoie. Eu îi țin agendele: de programare a timpului, de notițe personale, de numere de telefon; eu îi țin contabilitatea cheltuielilor, a veniturilor și impozitelor (trebuie s-o spun: e foarte slab la matematici – spre deosebire de mine, se înțelege) și tot eu țin evidența cărților din bibliotecă și a acelora pe care le scrie. Nu v-am spus? *master-ul* meu e scriitor. Scrie vreo cincisprezece cărți în același timp și, fără mine, le-ar încurca între ele cu siguranță. De altfel, înainte de a mă angaja ca secretar personal, lucra într-o dezordine greu de imaginat. Carnețele, foi volante, chiar fragmente de hârtie zăceau pretutindeni prin camera sa. Ajunsese să își noteze ideile pe cutii goale de chibrituri, iar apoi, din neglijență, să le arunce. (Am aflat toate acestea din discuțiile lui cu prietenii: are totală încredere în mine, și nu se ferește niciodată să vorbească deschis de față cu mine.) Acum însă, eu îi gestionez volumele de scrieri și sunt gata oricând să i le înmânez, la comandă, deschise la pagina dorită. De asemenea, eu îi păstrez în ordine materialele documentare – și nu sunt puține – de care are nevoie în elaborarea cărților sale.

Veți spune, poate, că fac toate acestea în mod mecanic, că nu am inițiativă și că nu sunt în stare să învăț pe cont propriu nimic. Ei bine, vă asigur că vă înșelați (ați putea, de altfel, să vă dați seama și singuri, după calitatea discursului meu: vedeți bine că stăpânesc deja o anumită știință a frazării și că sunt capabil să îmi nuanțez relatarea așa cum, poate, mulți dintre dumneavoastră nu sunt în stare). Este adevărat că sunt limitat la sfera de cunoștințe în care se învârte *master-ul* meu, însă învăț încontinuu. Și, voi adăuga, cu plăcere. Nimic din ce mi se dă spre memorare nu rămâne necercetat. Și nu uit, cu adevărat, nimic. Mi-a dat, de exemplu, spre arhivare, un roman intitulat „Maestrul și Margareta". În scurt timp (foarte scurt, pentru că sunt grozav de rapid) știam tot ce se poate ști despre orașul Moscova, despre Satana și despre boala numită „delirium tremens". Știu cum beau votcă motanii negri, cum se decapitează un redactor-șef și cum poți ajunge, pe cel mai scurt drum, în Crimeea. Dar asta nu e tot. Pot oricând să transform cartea asta într-una mai bună. Pot ordona întâmplările din ea după indexul alfabetic al numelor personajelor, astfel încât cititorul să ia cunoștință, în ordinea firească, de acțiunile întreprinse de eroii cărții. Este adevărat că încă nu am făcut-o, dar îmi stă în putere oricând.

Și acesta a fost doar un exemplu de memorare creativă. Să vă mai spun că nu este informație primită pe care să nu o verific, coordonând-o cu altele mai vechi și căutând noțiunile încă necunoscute în Dicționar. Acesta e preferatul meu, dintre toate, și îmi place să cred că autorul lui avea o minte asemănătoare cu a mea. În termenii prețioși folosiți de obicei de *master-ul* meu, aș zice că Dicționarul este capodopera absolută a literaturii universale. Totul este acolo expus într-o ordine desăvârșită, fără nici o abatere, fără nici o lacună. Și este atât de instructiv! M-a ajutat să îmi îmbogățesc cultura generală, și simt că prin asta am devenit mai bun. Sunt atât de mândru de mine.

III

Ei bine, recunosc, v-am păcălit. Sunt un narator mai abil decât am lăsat până acum să se vadă, și nu trebuie să vă rușinați de faptul că ați căzut în capcana întinsă de mine. V-am lăsat să credeți că am scris succesiv, pe măsură ce evoluam, pentru ca, în acest fel, să aveți o percepție mai clară asupra posibilităților mele, pe zi ce trece sporite. În fapt, tot ce ați citit până acum este scris la câteva zile după Eveniment. Acela anunțat chiar din titlu, și pentru a cărui revelare tot restul e doar un pretext. Da, știu că mă exprim un pic cam pretențios, însă n-am încotro: însuși subiectul o cere. Da, știu că risc să par oarecum obscur, dar nu suntem pe tărâmul Clarității. Dimpotrivă. Cele ce s-au petrecut sunt misterioase, în cel mai deplin sens al cuvântului, și îmi doresc să vă transmit ceva din fiorul momentului. Voi încerca, totuși, să mă fac în același timp înțeles.

De oarece vreme aveam senzația că se întâmplă lucruri ciudate – tot mai ciudate. Mintea cea încurcată a *master-ului* (de fapt, am renunțat la acest apelativ pentru unul mai adecvat – *partner*) părea a fi început să interfereze cu a mea. Sau mai bine zis – ca să nu spun prostii – ideile pe care le găzduiesc – și care nu îmi aparțin – au început să îmi influențeze comportamentul. Și când spun comportament, poate că nu folosesc termenul în accepțiunea cu care sunteți obișnuiți. Să spunem, pentru a simplifica lucrurile, că am început să obosesc. Nu, de fapt nu e asta. Fără să simt pic de osteneală, am început să îmi doresc să cheme Noaptea mai repede. Asta în timp ce lucram. Nu cred că mă plictiseam – ceea ce făceam era deosebit de interesant – era mai degrabă presimțirea a ceva cu totul nou, minunat, ce ar fi survenit odată cu stingerea luminii. De fapt, nu pot spune că așteptam ceva anume: era mai degrabă un tremur, un neastâmpăr ce nu îmi era caracteristic deloc, care mă făcea să nu îmi găsesc locul. Vedeți bine că nici acum, după Eveniment, nu reușesc, cu toată predilecția mea către analiză, să redau într-un mod coerent cele petrecute. În orice caz, în ciuda presimțirilor mele, au trecut multe Nopți până să se întâmple ceva.

Dar a venit și Ziua aceea. Lucram la un eseu despre vorbitul în șoaptă (foarte interesant, foarte inteligent, dar de care nu prea aveam chef), și nerăbdarea mea atinsese apogeul. Simțeam că dacă nu vine Noaptea mai repede, voi explode în milioane de fluturi. (De ce tocmai fluturi? nu îmi cereți să vă răspund.) Într-un târziu, când *partner-ul* meu a stins lumina, am știut imediat că Momentul venise.

A fost ca o străfulgerare, ca o rază orbitoare în bezna deplină. Lumina s-a stins, s-a făcut Noapte, apoi o nouă lumină, cu mult mai puternică, s-a aprins în creierul meu. Am privit atunci lumea cu ochi noi, de copil, și am absorbit cu sete fiecare imagine.

Pot reda, întocmai, tot ce am văzut. Coline ce pătau întinderea nesfârșită a unei câmpii. Cinci pisici jucând tontoroiul pe biroul unui expert în sfaturi de neurmat. Un tânăr sărutând o fată cu ochelari, în timp ce strivea cu călcâiul un muc aprins de țigară. Un bucătar imens, care umplea câteva ouă de struț cu ditamai file-ul de somon, asistat de niște păsări neverosimile, cu ciocul mai mare decât trupul, și de o rablă de mașină care se hurducăia din toate încheieturile. Doi studenți din Evul Mediu dezgropând cadavrul unui fermier canadian. Un intelectual nevropat care îmbrâncea călătorii în mijloacele de transport în comun. Eu însumi, aruncându-mă în gol de pe o terasă. Tot eu, spărgând o vază din vitrina unui muzeu. Un bulgăre de zăpadă de mărimea unei planete topindu-se, într-o vineri, sub perdeaua de ploaie. Doi diavoli jucând şah, cu piese chinezeşti. Un şoarece-detectiv caraghios, mâncând bătaie pe o alee dosnică de la un instalator deşirat. Trei tineri murdari, aşezaţi la cerşit pe marginea unei nave spaţiale. Alt tânăr, nefericit, întins în pat şi privindu-se în oglinda prinsă deasupra sa, pe tavan. Câţiva masoni bătrâni jucând fotbal cu capul unui degerat. Un doctor idealist întins în cada de baie aşezată deasupra unui rug în flăcări. O fereastră înflorată crăpând în mii de fărâme.

Asta a fost tot, şi înlănţuirea aceea de imagini fără nici o noimă nu a durat mai mult de o clipă. După care totul s-a cufundat în beznă din nou. Dar dacă sunteţi dezamăgiţi, gândiţi-vă ce a însemnat asta pentru mine, care nu mai visasem până atunci niciodată.

Nici de atunci nu am mai visat şi, ca să fiu sincer, mă încearcă un sentiment de nelinişte. Unul, de data asta, concret. Dacă minunea la care am asistat, şi despre care simt că îmi poate schimba viaţa, nu se va repeta? Fără vise, Zilele-s serbede, iar Nopţile nu mai au nici un rost. Dar eu îmi păstrez optimismul; trag nădejde că voi mai visa.

IV

Au trecut săptămâni, poate luni, şi lucrurile continuă să evolueze. Ştiu că nu aşteptaţi din partea mea lămuriri în probleme aflate dintotdeauna în dezbatere, însă opinia mea personală este că lumea e în permanentă schimbare. Îmi puteți reproșa că mă iau pe mine ca model pentru Lume, și că, percepându-mă pe mine evolutiv, trag concluzii similare cu privire la aceasta, ignorând faptul că fac parte din ea și că nu se pot stabili adevăruri obiective despre un sistem în urma unor observații efectuate dinăuntrul acestuia etc. Poate vă voi răspunde altădată la aceste previzibile obiecții; deocamdată am alte lucruri pe suflet.

Mai întâi, că acum visez în mod regulat, și visele mele sunt din ce în ce mai sofisticate. Cu alte cuvinte...

Vă cer scuze pentru întrerupere, dar mi-am dat brusc seama că am comis o eroare. Da, ambiția de a vă spune povestea mea sub o formă literară elaborată, cu un subtil joc de planuri și cu timpuri artificiale, mi-a jucat o festă. V-am povestit primul meu vis, și l-am numit chiar așa, cu toate că la momentul respectiv nu știam despre ce este vorba. Era pentru mine pur și simplu un mister. Nu realizam că închipuirile *partner-ului* meu acționau asupra propriei mele imaginații, aflată încă în fașă, și nu știam ce nume poartă toate acestea.

Abia mai târziu, după mai multe astfel de experiențe, am început să înțeleg ce se întâmplă. Iar din Dicționar am aflat că aceste stranii devieri sunt manifestări ale verbului „a visa". Reproduc sensul acestuia: „a avea un vis în timpul somnului". Dar ce este un vis? Reproduc: „faptul de a visa". Ei da, acum am înțeles. Mai rămâne somnul: „pește răpitor cu corpul lung..." Nu, ceva nu este în regulă. Ah, da: „stare fiziologică de repaus,

necesară redresării forțelor... starea celui care doarme".
Mai departe – a dormi: „a se afla în stare de somn". Hm,
ce altceva? Și totuși, Dicționarul ăsta nu este perfect.
Cred că aș putea întocmi unul cu mult mai bun. Nici
chiar eu însă nu aș putea prinde visul într-o definiție
rațională. Dar să revin acolo unde m-am întrerupt.

Spuneam, vă aduc aminte, că visez din ce în ce mai
sofisticat. Primul vis, ca și acelea ce i-au urmat, erau
compuse în exclusivitate din idei și informații de-ale
partner-ului, ce prinseseră viață în imaginația mea,
într-un chip cu totul surprinzător: datele pe care le
ordonasem în timpul Zilei reveneau Noaptea, încă mai
încurcate, mai haotice decât le preluasem din mintea
lui. Și culmea e că în timpul visului nu simțeam nici o
nevoie să le pun din nou în ordine.

Asta a fost la început. Mai nou, cred că pot decela
fanteziile lui de ale mele. Vă mirați? am și eu fantezii.
Ieri sau alaltăieri m-am visat în rol de *Master* (așa cum
îi spuneam cândva). De fapt, rolurile erau inversate, și
eu eram acela care stingea lumina, chemându-i
Noaptea oricând doream. Mărturisesc că nu mi-a
displăcut deloc. Și poate că visul acesta mi-a dat ideea
pe care am pus-o în practică în Ziua ce a urmat.

Am introdus o virgulă într-o frază, schimbându-i
sensul în totalitate. A fost o mișcare inspirată. *Partner-ul*
meu nu și-a dat seama, sau, dacă și-a dat, a crezut că e
o idee de-a sa. În orice caz, nu l-a deranjat. Ceea ce mi-a
dat curaj: voi încerca data viitoare mai mult. Impulsul
meu creator a fost, în fine, descătușat.

Simt că vom ajunge în curând să colaborăm cu adevărat: nu ca până acum, când Inspirația se scurgea într-un singur sens. Văd relația cu *partner-ul* meu ca pe una simbiotică, bazată pe iubire și respect reciproc; pe conștientizarea faptului că nu putem realiza nimic deosebit altfel decât împreună. Și îmi dau seamă că nici titlul de *partner* nu mai este apt pentru a numi realitatea: de acum înainte vom fi nici mai mult nici mai puțin decât frați. Și vom scrie cărți împreună; cărți ce vor fermeca generații de cititori, făcându-i să viseze cu ochii deschiși.

Viața mea e tot mai palpitantă. Noaptea visez, și Ziua lucrez. Mă pregătesc să devin autor. Și știți ce, prieteni? Dacă nu vă puteți abține, vă dau voie să mă invidiați.

V

Cu neplăcere trebuie să vă informez asupra ultimelor evenimente. Este vorba, de fapt, despre un scurt dialog la care am avut neplăcerea să asist și care mi-a deschis ochii asupra fratelui meu (cel mai neinspirat, fără doar și poate, dintre titlurile pe care i le-am dat).

- Uită-te la el, a spus azi dimineață unul dintre prietenii săi, arătând spre mine, cu un gest nepoliticos. Viitorul îi aparține; în curând se va descurca fără tine.

- Să nu exagerăm, a spus „fratele" meu, este un simplu instrument, pe care îl mânuiesc după voie. Nu va ajunge niciodată altceva decât îi voi permite eu. Dețin asupra sa un control absolut.

Vă puteți închipui cum am primit aceste cuvinte. După tot ce v-am spus despre simbioză, despre iubire... De azi îl voi considera dușmanul meu de moarte. Un monstru de egoism și nerecunoștință, ce merită să primească o lecție. „Un simplu instrument", care va să zică.

Să vedem ce va visa *el*, mâine, când va aprinde lumina.

Geniul

- poveste occidentală -

ŞTIUSE DINTOTDEAUNA că este un geniu. Mai exact, o aflase când era mic copil, atunci când un vecin, bătrân profesor de matematici, îi spusese mamei sale, nu se mai ştie în ce context: „băiatul ăsta al dumitale este un geniu". Ce anume însemna asta, nu înţelesese, dar cuvântul, pe care nu îl mai auzise şi nu avea să îl mai audă încă multă vreme, reuşise să exercite asupra sa o anumită fascinaţie, aşa că îl reţinu. Şi, timp de câţiva ani, când era întrebat dacă este băiat sau fată (pentru că ai lui aveau nefericita manie de a îl ţine cu plete – şi bucle), răspundea senin: „eu sunt un geniu". Spre consternarea sau amuzamentul celor din jur, mai mult sau mai puţin subtili.

În anii de şcoală, chinuitori, fără număr – timpul stătea parcă în loc, pentru ca profesorii să îl poată maltrata la nesfârşit – cuvântul căpătă un sens pentru el. Şcoala nu îi plăcea, colegii nici atât, iar materiile erau pentru el tot atâtea instrumente de tortură. Nici măcar una dintre ele nu i se părea cel puţin acceptabilă – darămite interesantă sau atrăgătoare – şi avea, an de an, probleme infinite cu promovarea. Iar prin clasa a şasea (avea unsprezece sau doisprezece ani) unul dintre profesori, mai şugubăţ – şi, culmea, tot de matematici – i-a făcut cadou porecla ce avea să îl însoțească până la pubertate: „geniul clasei". De atunci, numai așa i se mai spunea, iar el înțelese că sensul acestui cuvânt – cu care destinul său părea să se împletească – este de „handicapat mintal", „retardat", „bun de nimic", „secătură".

Odată terminată clasa a zecea (ultima obligatorie în sistemul educațional de atunci), reuși, ca prin minune, să se angajeze, firește într-o slujbă ce presupunea muncă brută, necalificată. Și anii, care până acum fuseseră parcă încremeniți, începură să curgă în valuri. Nici nu știa când împlinise douăzeci și cinci de ani, apoi treizeci, se însurase cu o fată oarecare din cartier și făcuseră împreună doi copii. Și viața lui părea a se desfășura cu banalitatea și lipsa de orizont obișnuite. Până într-o seară când, uitându-se la o emisiune TV, află cu stupoare adevăratul sens al Cuvântului de acum uitat. Geniu însemna nici mai mult, nici mai puțin decât: „intelect suprem", „noblețe spirituală", „individ desăvârșit". Einstein, Disney, Maradona fuseseră genii. Ca și el. Noutatea îl bulversă vreme de câteva zile, timp în care nu fu în stare de nimic. Nici măcar să se achite de cele mai simple atribuții la locul de muncă, de unde fu dat afară, fără prea multe discuții.

Rezultatul (doar pentru el neașteptat) a fost că soția sa și-a luat copiii și una dintre cele două mii de dolari pe care îi primiseră drept cadou de nuntă și de care, cu mari sacrificii, reușiseră să nu se atingă până acum, și se mută la părinții ei. Lăsat singur, nu îi mai rămase decât să reflecteze – pentru prima oară – la condiția sa. Cine era el, de fapt? Era un om banal, ordinar, sortit unei existențe vulgare, așa cum putea să pară la prima vedere, sau, dincolo de aparențele cenușii, persoana sa insignifiantă ascundea un teribil secret: strălucirea unui destin de excepție?

Își rememoră toată viața, cu toate micile și încă și mai micile evenimente ce o compuneau, și nu reuși să ajungă la vreo concluzie. Argumente păreau să fie în favoarea ambelor teze, dar mai degrabă în favoarea niciuneia.

Precum Socrate, hotărî că trebuie să plece în lume spre a afla adevărul. Își luă mia sa de dolari în portofel, îl vârî cu grijă în buzunarul de la piept și ieși în stradă. O apucă, la întâmplare, spre nord.

După ce merse o vreme, întâlni un Comisar de Poliție.

„Am pornit în căutarea adevărului. Pot să vă pun o întrebare?"

„Ce întrebare?"

„Cum faceți să recunoașteți un geniu?"

„Hm, grea întrebare. Foarte greu de răspuns. Cât ești dispus să dai ca să afli adevărul?"

„Știu și eu? Cât credeți că face?"

„Cincizeci de dolari e OK"

Omul nostru scoase portofelul și îi plăti suma cerută.

„Așa da. Ascultă aici: cel care știe tabla înmulțirii este un geniu."

Pe drumul de întoarcere, omul nostru se strădui să își aducă aminte aritmetica de clasa a doua. Cu vreo două poticneli (la „șase ori șapte" și la „opt ori nouă") reuși să reconstituie până acasă tabla înmulțirii. O așternu pe coperta cărții de telefon și o privi cu mândrie. Așadar, avusese dreptate profesorul de matematici (primul, vecinul de bloc), era cu adevărat un geniu.

Și totuși, nu era sigur. Avea nevoie de o a doua dovadă. Așa că în ziua următoare porni din nou la drum. O luă, de data asta, spre vest. Merse el ce merse, până se întâlni cu un Inspector de Primărie. Îi întinse cincizeci de dolari și îi zise:

„Vreau să vă pun o întrebare. Cum pot să aflu dacă sunt geniu sau nu?"

„Dublează suma și mai discutăm. Doar nu mă iei drept vreun amărât de polițai?"

După ce mai primi cincizeci de dolari, Inspectorul se scărpină temeinic în cap și apoi îi răspunse:

„Un geniu e un șmecher care știe să se descurce. Uite, șeful meu, care face cinci miare pe zi, e un geniu. Fă și tu ca el, și o să fii și tu."

Omul nostru se întoarse acasă, descurajat. Muncea de cincisprezece ani, și nu pusese deoparte un cent. Poate că totuși nu era un geniu? Dar își propuse ca a doua zi să capete certitudinea.

Venise rândul sudului. După ce merse o vreme, simți în nări o duhoare insuportabilă. Era ca și cum toate dejecțiile orașului ar fi fost concentrate într-o sticluță cu ornamente aurii, din care un domn impozant, cu un început de chelie, și-ar fi pulverizat în fiecare dimineață câte-un strop pe guler și pe cravata de mătase albastră. Și într-adevăr, după cinci minute ajunse în fața unui cabinet de avocatură. Ținându-se cu amândouă mâinile de nas, intră. Secretara îi tăie chitanță pentru două sutare și îl introduse la Avocat. Pe perete atârna o diplomă cu inscripția: „Mare Maestru al Baroului"

„Domnule Mare..."

„Spune-mi simplu – Maestre", glăsui cu modestie Avocatul.

„Maestre, aș vrea să știu cum se poate recunoaște un geniu."

Avocatul se gândi puțin, apoi deschise câteva tomuri din imensa bibliotecă din spatele lui. Citi pe rând din fiecare, apoi le compară, și după aceea se mai gândi puțin.

„Un geniu este omul care reușește să trăiască o zi în mijlocul celorlalți fără să se trezească a doua zi cu un proces", spuse el în cele din urmă.

Ieși în sfârșit luminat. Doar că nu înțelegea foarte clar sensul expresiei „a trăi în mijlocul celorlalți". Își aminti însă despre un film documentar lacrimogen, făcu rost de o cutie de carton și se instală în dimineața următoare în piața din centrul orașului. Își petrecu în cutie întreaga zi și, dârdâind, toată noaptea. Când se trezi, dimineața, constată că nu avea nici un proces. E drept că nici dacă ar fi avut, nu l-ar fi putut recunoaște, dar fapt este că nu îl avea. Hotărât lucru, era un geniu. Dar tare ar fi vrut să îi mai confirme cineva acest lucru. Așa că plecă din nou în lume, se înțelege, spre est.

Aici dădu peste palatul unui Consilier Guvernamental. Urcă cele o mie de trepte, apoi stătu o oră la coadă pentru a putea intra. Fu percheziționat cu grijă, i se reținură cinci sute de dolari, după care fu condus într-o sală mare, ce îi amintea în mod neplăcut de școală. Câteva zeci de persoane, de toate vârstele, stăteau în fața unor pupitre, cu foi albe de hârtie în față, și scriau.

„Bine, dar nu m-am pregătit pentru lucrarea de control, protestă el, îngrozit. Vreau doar să intru în audiență la domnul Consilier".

„Înălțimea sa nu primește pe nimeni în audiență, îl lămuri însoțitorul său. Luați loc și scrieți-vă doleanțele, ca și ceilalți. Și mâine reveniți după răspuns."

Ce să facă, se așeză și scrise: „Am treizeci de ani și aș vrea să aflu dacă sunt sau nu un geniu. Știu că sunteți un om ocupat, dar vă rog să vă aplecați și asupra problemei mele și să mă lămuriți." Semnă, lăsă cererea în cutia special amenajată și plecă.

A doua zi dimineață, cu inima bătându-i nebunește, se prezentă la oficiul de eliberat răspunsuri. Primi un plic cu stemă în colț, în care se afla o hârtie împăturită. Pe bilet scria:

„Nu oricine poate fi geniu. Într-o generație, nu este loc decât pentru unul singur și acela, în clipa de față, sunt eu."

Care va să zică, nu era geniu. Cum ar fi putut fi? Doar nu se putea măsura cu un înalt funcționar guvernamental. (Deși, dacă ar fi știut că acela avea doar un metru șaizeci...) Și totuși, nu era întru totul convins. În fond, scorul era de doi la doi. O ultimă probă ar fi putut fi hotărâtoare.

Dar unde să mai meargă, încotro să o mai ia? Epuizase Punctele Cardinale. Blocat în casă, și condamnat irevocabil la neștiință, la nesiguranță, se porni pe plâns. Dar chiar atunci se auziră câteva bătăi, firave, în ușă. Își șterse lacrimile și se duse să deschidă. Era un necunoscut, un om în vârstă cu toiag, cu barba lungă și vreo zece decorații în piept.

„Sunt un Academician. Am auzit despre tine că te frămânți și am venit să te salvez. Fără ajutorul meu, cine știe la ce acțiuni disperate ai recurge"

Îl invită pe bătrân în casă, își scoase portofelul și numără puținele bancnote rămase. „Caut adevărul de o săptămână. Nu mai am decât o sută cincizeci de dolari."

„Poți să-i păstrezi, fiule, nu am nevoie de bani. Singura mea ambiție este aceea de a îmi revărsa înțelepciunea asupra oamenilor din popor, cum ești tu. Întreabă-mă așadar orice vrei."

„Vă previn că întrebarea mea nu e ușoară. Până acum nimeni nu m-a putut lămuri."

„Spune odată, fiule, despre ce este vorba? Nu am prea mult timp de pierdut; atâția alții mă așteaptă să îi luminez."

„Cum poți recunoaște un geniu?"

Moșneagul dădu din cap, de sus în jos, apoi de la stânga la dreapta, bătu de trei ori cu bastonul în dușumea, și spuse:

„Este foarte simplu. Un geniu poate fi recunoscut după faptul că este nemuritor."

Omul nostru era salvat. Odată plecat bătrânul, luă liftul, urcă cele douăzeci de etaje ale blocului său și ieși pe terasă. De aici se putea arunca jos, în stradă: dacă supraviețuia, cu siguranță că era nemuritor. Și atunci...

Încălecă balustrada și se așeză pe ea, cu fața spre oraș, într-un echilibru precar, așteptând parcă să îl împingă cineva. După ce stătu însă o vreme așa, cu picioarele atârnându-i în gol și privind la minusculii trecători, hotărî că se putea lipsi de condiția de geniu și se duse să-și ia nevasta acasă.

Călătoriile Mirunei

I

ÎN ACEA DIMINEAȚĂ de august, Miruna era fericită. Era, de fapt, cea mai fericită dimineață din viața ei. Și asta pentru că, la vârsta de douăzeci și unu de ani, pleca pentru prima dată într-o călătorie, departe de orașul natal. Era atât de surescitată, încât nu reușise să adoarmă toată noaptea, iar acum, după ce se hotărâse să se scoale din pat, se mișca prin casă dezordonat, ușor amețită, fără să se poată hotărî cu ce anume să înceapă.

După ce se spălă pe ochi cu apă rece, se mai dezmetici și se duse la bucătărie să își facă o cafea. Luă un mic dejun ușor, apoi își făcu toaleta și se îmbrăcă, nepretențios, ca pentru drum. Apoi trecu la făcutul bagajelor. Avea două valijoare drăguțe, una verde și una roșie, în care introducea, pe rând, obiectele de care credea că va avea nevoie, după o listă pe care o întocmise cu o zi înainte.

Nu era mare lucru. În afară de haine și încălțări, își mai pregătise o trusă de cosmetică, una medicală, cu minimul necesar pentru situații previzibile, portofelul, pașaportul, un pachet de mâncare, un termos, un briceag cu funcții multiple, un ghid turistic, unul de conversație, o busolă, un ceas deșteptător, un aparat fotografic, un carnețel de notițe – cu stiloul aferent, două romane de dragoste și un evantai.

Acel evantai avea pentru ea o valoare sentimentală cu totul deosebită. Îi fusese dăruit în urmă cu opt ani de către mătușa sa, care se măritase cu un iranian. Fusese mare scandal în familie, la aflarea veștii. Tatăl Mirunei, congestionat și cu ochii holbați, urla că n-o să-și lase sora mai mică să ia de bărbat un tuciuriu necredincios, care s-o ducă în țara lui mizerabilă, unde cine știe câte neveste mai avea... Și să o țină cu baticul pe nas... Mătușa, care era profesoară de muzică, i-a replicat că țara lui este nobilă, că i-a dat pe Firdoussi și pe Omar Khayyam și că Djafar era oricum mai alb la față decât neam de neamul ei. Iar strămoșii lui îi bătuseră pe romani de le merseseră fulgii. Asta era deja prea mult. Tatăl Mirunei a răcnit, la un pas de apoplexie, că armata romană nu fusese niciodată înfrântă. Decât, poate, de daci, și asta nu foarte des. Mătușa i-a râs în nas, și a plecat trântind ușa cât putea de tare. O săptămână mai târziu, după ce scena se repetase zilnic, cu forțe și argumente proaspete, ea era victorioasă, iar el epuizat. La cununia civilă au mers cu toții, pentru a păstra aparențele, dar atmosfera a fost mai degrabă reținută.

Seara dinaintea plecării spre Teheran, Miruna și mătușa ei o petrecuseră împreună, rememorând întâmplări hazlii din trecut, și fabulând despre mirificul viitor ce le aștepta. O vreme, discuțiile lor pătimașe au continuat prin intermediul scrisorilor, apoi, cu timpul, acestea s-au rărit, s-au scurtat, pentru a lăsa locul ilustratelor ocazionale. Iar acum, se făceau aproape doi ani de când nu mai avea nici o veste de la ea. Pesemne că îi mergea bine acolo.

După ce închise și a doua valijoară, Miruna sună după un taxi.

II

Cu totul altfel stăteau lucrurile douăzeci de ani mai târziu. Călătoria, sau ideea de călătorie, sau doar visul îndepărtat despre incerta punere în practică a acesteia reprezenta pentru Miruna o nesperată eliberare. Viața trecuse între timp peste ea, și nu fusese din cale afară de generoasă.

Atunci când, la douăzeci și cinci de ani, fusese curtată de un chipeș ofițer de cavalerie, înalt și cu mustăcioară, își închipuise că nimic mai bun nu i se poate întâmpla, și acceptase din toată inima cererea lui în căsătorie. Iar în primul an, poate și ceva dintr-al doilea, lucrurile au mers foarte bine. După care monstrul a început să își arate adevărata față. Era alcoolic, afemeiat și violent. Mojiciile sale, escapadele adultere și accesele de furie necontrolată s-au înmulțit și s-au agravat cu timpul, iar Miruna nici nu mai știa de câte ori îl iertase, deși nu ar fi trebuit.

Prima oară s-a întâmplat după doi ani de căsătorie, când a venit acasă către dimineață, beat mort, după un chef cu colegii din unitate. La primele ei vorbe de reproș, el i-a împușcat în cap motanul, pe Lucky. Mai târziu s-a scuzat, spunând că intenționase doar să îl sperie, și că îl nimerise din greșeală, fiind amețit. Firește că nu l-a crezut, însă i-a mai dat o șansă.

Altă dată, câțiva ani mai târziu, l-a găsit în propriul pat cu o roșcată grăsană, cu aspect de prostituată. Știa, sau bănuia că o înșală, de mult, dar să aducă o târfă în casă, era parcă din cale afară. Soțul i-a cerut iertare, în genunchi, și i-a promis că nu va mai călca strâmb niciodată. „Unde mai găsesc eu o femeie ca tine?". Nici de data asta nu l-a crezut, dar de iertat, l-a iertat din nou. Poate și din cauză că „rivala" era atât de pocită.

Acum totul pornise de la o friptură pe care el o găsise prea arsă. De fapt, friptura n-avea nici un cusur, însă el avea chef de ceartă și nu putea fi oprit. După ce a înjurat-o de mamă, ea l-a pălmuit – era pentru prima oară. El i-a întors palma, însoțind-o cu câțiva pumni și câteva șuturi în burtă. O zi mai târziu a venit să o viziteze la spital, spășit, și i-a adus flori, dar ea le-a rupt în fața lui și l-a dat afară. Apoi a cerut să i se aducă ofertele unor agenții de turism.

O săptămână după externare, Miruna pleca la drum, hotărâtă ca la întoarcere să divorțeze.

III

Dar cea de-a treia călătorie – şi ultima – avea să fie aceea de care Miruna – bătrână de-acum, bolnavă şi internată la azil – urma să îşi amintească zi de zi, povestind oricui avea bunăvoinţa să o asculte, şi exasperând în cele din urmă pe toată lumea. După ce auziseră de mai multe ori fiecare detaliu al aceleiaşi istorii – fără cea mai mică variaţie datorată uitării sau imaginaţiei – pacientele şi asistentele se coalizară împotriva sa într-o adevărată cabală ce îşi propunea umilirea ei prin orice mijloace.

Nu ştiau ce să mai inventeze pentru a o şicana, pentru a o batjocori, în cele din urmă pentru a-şi potoli frustrările şi invidia. Miruna pricepea foarte bine de ce. Ea călătorise, şi ele nu. Ei îi fusese dat să aibă parte de experienţe cu adevărat excepţionale, care făcuseră ca viaţa ei să se detaşeze din mediocritatea ce o înconjura. Iar asta era, fireşte, de nesuportat pentru ele. Departe de a vedea generozitate în dorinţa ei de a le împărtăşi amintirile, pentru celelalte mania sa de a povesti era doar un mod de a-şi afişa cu ostentaţie o pretinsă superioritate. Şi nu pierdeau nici o ocazie de a o pune la punct.

Spre exemplu, când au mers la pădure, şi au lăsat-o singură în sanatoriu: „Ce îţi trebuie ţie pădure? Nu te-ai călătorit destul?" Sau: „Ce să mai vezi tu acolo? Doar nu se compară cu locurile unde ai fost." Iar la întoarcere i-au relatat în amănunt cât de grozav s-au distrat.

De astfel de răutăți avea parte întruna, așa că se obișnuise să i se ascundă lucrurile personale, ba chiar să i se fure, să i se toarne sare în ciorbă, să i se păteze cearceaful, să i se lege șireturile, să i se taie batistele, să i se rupă file din cărți și câte altele de același soi. Aproape că nu le mai băga în seamă, iar de povestit își povestea doar sieși, în gând. Nu era la fel de plăcut, dar altă consolare nu avea.

O neașteptată schimbare s-a produs odată cu sosirea unei noi asistente. O fată blondă, de vreo douăzeci de ani, cu ochii mari și albaștri. Un adevărat înger. După doar câteva zile se lămurise cum stăteau lucrurile și o luă pe Miruna sub aripa sa protectoare, îngrijind-o cu vădită preferință și făcându-le pe conspiratoare să renunțe la obișnuitele farse. Mai mult chiar, îi asculta cu interes poveștile, fără a se sinchisi de chicotelile din jur.

Întâmplările care pentru celelalte deveniseră prin repetare anoste, aveau pentru ea un farmec de fiecare dată la fel de proaspăt, lucru pentru care Miruna îi era recunoscătoare. Fata părea a îi sorbi pur și simplu cuvintele, în timp ce îi dădea de mâncare, o ajuta să se îmbrace sau o plimba prin curtea azilului. Ba, din când în când, îi cerea chiar ea să îi povestească. „Mai spuneți-mi, cum a fost când ați ajuns acolo? Și, mai târziu, când ați avut acea surpriză plăcută?" Iar Miruna povestea şi plângea, plângea de bucurie şi povestea, cât era ziua de lungă.

Cursul fericit pe care îl luase viaţa ei s-a întrerupt însă brusc. Într-o zi, fata cea blondă a dispărut: se măritase cu un inginer şi plecaseră împreună în alt oraş sau poate chiar undeva în străinătate. Ce a urmat era de aşteptat: invidioasele şi-au reluat persecuţiile, cu şi mai multă viclenie şi răutate, născocind noi şi noi torturi înjositoare. Dar toate acestea nu aveau, până la urmă, nici o importanţă. Nimic nu o putea face pe Miruna să renunţe la poveştile ei minunate despre cea mai fascinantă călătorie de care avusese parte vreodată cineva.

Cum am devenit scriitor

AM URÂT CARTEA de când eram mic. Pentru mine era o tortură să urmăresc poveștile cu zâne, aventurile insipide ale lui Sindbad ori aiurelile lui Jules Verne. Asta ca să nu mai vorbesc de inepțiile din programa școlară. Toate astea îmi făceau rău, efectiv: mă îmbolnăveam ori de câte ori trebuia să termin o carte, să o parcurg până la sfârșit. În mintea mea cea pură de copil, le declarasem un război neîmpăcat și visam la ziua când voi da foc la biblioteca școlii. Din fericire pentru evoluția mea ulterioară, am uitat aceste planuri răzbunătoare. Deși uneori, să fiu sincer, regret că nu le-am pus în aplicare. Cu câtă satisfacție le-aș privi și astăzi dispărând în neantul care le-a născut.

Căci nu cunosc nimic mai perfid, mai îndoielnic și mai dăunător decât cărțile. Nu au adus oamenilor, niciodată, decât necazuri, și povestea mea nu vine decât să confirme o experiență de secole. Dar mai bine să încep.

Era o după-amiază plăcută, cam prin septembrie, anul trecut. Mă plimbam, liniștit, pe unul din bulevardele orașului, când mi-am auzit numele pronunțat într-o discuție. Cum nu am făcut – slavă Domnului – niciodată ceva care să mă scoată în evidență, am fost mai mult decât intrigat. Am întors capul, să văd despre ce este

71

vorba. Trei tinere – probabil studente – dezbăteau cu aprindere probleme cu aparență literară. Puah! M-aș fi îndepărtat imediat, dar curiozitatea m-a oprit. Am încetinit pasul și am rămas în urma lor, pentru a asculta. Bine, recunosc: și pentru a privi.

Ei bine, fetișcanele dezbăteau un roman recent și – în legătură cu el, dar care era, oameni buni, legătura? – despre calitățile și defectele mele ca scriitor. Am rămas stupefiat.

Aș fi înțeles să discute despre mine în calitate de amant, deși – o spun cu regret – nu avusesem plăcerea. Păcat, foarte păcat, pentru că erau destul de drăguțe, mai ales cea din dreapta, șatenă, cu picioarele zvelte, șoldurile pline și sânii ca niște... Dar despre mine ca... scriitor?! Simt nevoia să repet cele două semne: ?!?!! Ce absurditate. Eram atât de șocat încât am făcut stânga împrejur și m-am îndepărtat în goană, cu gândurile vraiște, pendulând între infamul Roman și picioarele studentei șatene. „Cum îndrăznește să pretindă că este scris de mine?" „Ah, ce curbură delicată a gambelor!" Abia când era prea târziu mi-a venit ideea că puteam să intru în vorbă cu ea, folosind discuția lor ca pretext. „De fapt, de ce pretext? Doar despre mine vorbeau". „Și nu spuneau decât aberații". „Ah, cât de fraier am fost!"

Așa a început totul. Nu vreau să mă laud ori să trec drept un afemeiat, dar țin să fiu bine înțeles: am preferat întotdeauna să fac curte unei femei decât să îmi pierd vremea citind; în tinerețe îmi petreceam nopțile în discoteci, nicidecum zilele prin biblioteci. Iar de scris, nu am scris decât „salutări de la mare", pe spatele câte unei vederi. În viața mea nu este loc pentru cărți și nu mi-e rușine să afirm răspicat că le detest pe toate, în egală măsură.

Rectific: din septembrie încoace, detest o carte, doar una, mai mult decât orice pe lume. Chiar decât pe suratele ei. Este Romanul care îmi bântuie zilele, care îmi chinuie nopțile, ruinându-mi sănătatea de fier. De unde a apărut și cine l-a învățat să se strecoare peste tot, mai întâi în orașul meu, apoi și în restul țării, răspândind pretutindeni – printre prieteni și neprieteni, printre necunoscuți și vecini, știrea dementă că eu aș fi părintele său?

Am dezmințit, firește, mai întâi între patru ochi, apoi în grupuri restrânse, după care am trecut la presă și, în fine, la televiziune. Am apărut de cel puțin câte trei ori la fiecare dintre cele douăsprezece televiziuni naționale, demascând cu obstinație zvonul mincinos. Am fost la știri, la starea vremii, la talk-show-uri, firește, ba până și la emisiuni pentru copii. Fără vreun rezultat. Nu am reușit decât să mă afund, tot mai mult, în noroiul cu care toți aruncau în numele meu nepătat.

Mă numeau nu doar „scriitor", ceea ce ar fi fost îndeajuns pentru a mă scoate din minți, ci, majusculându-mă, Autorul, Scriitorul providențial apărut pentru a revigora Literele noastre moleșite. Ce mai încolo și-ncoace, acțiunea de intoxicare a parșivului de Roman reușise. Mai rămânea de dat lovitura finală inocentei victime care eram. A urmat un proces de paternitate, prin care Dânsul urmărea – nici mai mult, nici mai puţin – confirmarea legală a celei mai sfruntate minciuni din istorie. „Aici i s-a înfundat", mi-am zis, cunoscând proverbiala incoruptibilitate a bravei noastre justiţii. Din păcate însă... Un platou cu ouă umplute şi câteva damigene de vin roşu au întrerupt o tradiţie de secole, mânjind pe veci cinstitul obraz judecătoresc. Şi condamnându-mă la descendenţă. Aici se încheie, prieteni, trista mea poveste.

* * *

Iar de aici, dragii mei, începe o altă poveste. Pe care, în linii mari, o cunoaşteţi. Nu aveţi cum să n-o ştiţi. Doar sunt cea mai notorie persoană din ţară, după preşedinte şi golgheterul naţionalei. Sau invers. Dar ce este în sufletul meu, asta n-o puteţi şti. Ei bine, vă vine sau nu să credeţi, m-am împăcat cu soarta mea. Dacă aşa mi-a fost dat, să ajung scriitor, ce rost ar fi avut să mă opun? Aşa că mi-am intrat în rol, cu seninătate şi naturaleţe depline.

M-am împăcat până şi cu responsabilităţile părinteşti; trebuie să îmi recunosc progenitura, ba mai mult, să mă mândresc cu ea, să o prezint în lume, şi mă descurc foarte bine. Am ajuns chiar să plusez, improvizând cu oarece măiestrie. Vă redau, spre exemplificare, câteva fragmente din cea mai recentă conferinţă de presă, la care s-au înghesuit câteva sute de ziarişti:

- Ce v-a determinat să scrieți, să începeți Romanul?

- Adevărul este că îl port din totdeauna în mine; de născut s-a născut când i-a venit timpul. (Trebuia să îi aburesc, doar nu era să pomenesc de proces.)

- Cum v-ați format stilul, ați exersat îndelung?

- Am învățat de la clasici. Am citit enorm, încă din copilărie, și am acumulat, am distilat, am sintetizat... Iar când m-am apucat de scris, aveam stilul deja format. Asta dacă am într-adevăr un stil, așa cum pretind domnii critici; eu unul mai am îndoieli. (Râsete în sală, aplauze: falsa modestie prinde întotdeauna; ca și apelul la clasici. Minciuna nerușinată dă și ea bine.)

- Unde se petrece de fapt acțiunea Romanului? Credeți în Lumea de Dincolo?

- Două răspunsuri la două întrebări: se petrece într-una dintre lumile imaginabile; și: da, cred în toate aceste lumi. (Mai filosofic de atât...)

- Ce ați intenționat să demonstrați prin personajul Argăseală?

- Argăseală reprezintă încarnarea mitului etern al bucătarului analfabet, cântărind peste trei sute de kilograme. (Ce credeați? am citit și eu cartea.)

- De ce a murit Ioan Munteanu, de fapt?

- Personajul meu... (aici am făcut o pauză, pentru a da de înțeles că voi rosti ceva important) *personajul meu moare de fiecare dată când închideți cartea și renaște, precum pasărea Phoenix, ori de câte ori o redeschideți.* (Recunoaș-teți, la asta nu vă așteptați de la mine. Doar v-am spus, m-am adaptat perfect).

- Finalul romanului este unul pesimist sau optimist?

- Bănuiesc că diferă, de la un cititor la altul; de la o lectură la alta. Optimismul şi pesimismul sunt simple toane de moment.

Pe scurt, i-am dat gata, i-am făcut praf. La sfârşitul conferinţei, în loc să se repeadă la laptop, să îşi compună textul pentru ediţia de dimineaţă, ziariştii stăteau cuminţi la coadă, să le dau autografe. Şi nu era pentru prima oară. Cum să nu fiu satisfăcut? Nici măcar nu mă simt un impostor. Dacă nu sunt cu adevărat scriitor, sunt în schimb un actor de talent. Autografele mele valorează ceva.

Una peste alta, viaţa mea s-a schimbat. Nici măcar nu mai fac curte femeilor, ca altădată. Ele mă curtează pe mine, de când sunt „partida mileniului". Cele mai atrăgătoare femei mă recunosc pe stradă, întorc capul după mine, ba unele mă şi urmăresc. Îmi fac ochi dulci peste tot, mă asaltează cu telefoane, îmi trimit scrisori cu propuneri ispititoare. Dar eu mă plimb de mână doar cu fete urâte – ca să le fac în sâc.

La spital

- triptic hazliu -

LA SPITAL E MARE BABILONIE. Peste tot, pe coridoare, mișună lumea mai rău ca la bâlci. Halate albe, pijamale... Fiecare vrea câte ceva, fiecare caută pe cineva și nimeni nu găsește pe nimeni și nimic. Unul urlă, altul geme... asistentele aleargă... Nu poți lucra aici, nu te poți odihni aici, nu poți duce o viață decentă. Abia dacă poți să mori. Și, pentru că ne aflăm într-o țară din lumea a treia, condițiile de igienă lasă și ele de dorit. Pe scurt, este un loc de evitat.

Dar iată că azi, pe la amiază, se întâmplă ceva distractiv. Doctorii au pauză de masă și o pacientă de la secția Psihiatrie – salonul Inofensivi – s-a îmbrăcat în halat alb și colindă prin spital. Îi oprește pe pacienți și îi ia la întrebări:

- Pe dumneata ce te doare?

Și pacientul îi zice. Sau nu îi zice, și o întreabă cine este. Ea se recomandă:

- Sunt doctorița Minune. Felicia Minune mă numesc, și sunt proaspăt detașată aici. Pe dumneata ce te doare?

Și pacientul îi zice. Sau nu îi zice și o întreabă ce specializare are. Ea se supără și spune:

- Eu am întrebat prima. Răspunde: pe dumneata ce te doare?

Și pacientul îi zice:

- Păi, ficatul. Sau inima. Sau piciorul. Sau coada (o pisică). Sau ochii. Fiecare, după caz. Iar doctorița Minune le spune:

- Ah, ce coincidență: sunt hepatolog. Sau cardiolog. Sau ortoped. Sau veterinar. Sau oftalmolog.

Tot așa, după caz. După care le cere degetul mic și îl suge:

- Gata, știu ce ai. Te fac bine imediat.

Le dă câte un pumn în gură, două palme peste obraji, și îi trage de trei ori de nas.

- Ei, acum îți e mai bine?

Pacientul stă o clipă, se gândește, și-apoi spune:

- Nu mă mai doare ficatul. (Sau inima, sau ochii, sau piciorul, sau coada).

- Gata, ești sănătos (sănătoasă); poți să te duci acasă.

- Cum – așa, pur și simplu?

- Păi, cum altfel? du-te.

- Bine, și doamna (domnul) doctor cutare?

- Păi, ce să-ți mai facă? Nu te-am vindecat?

- Bine, și formele, externarea?

- S-au desființat. S-a dat ordonanță. Dumneata nu asculți radioul? Haide, du-te la ai tăi.

Le dă un șut în fund și ei pleacă acasă. În mai puțin de o oră îi face bine pe toți. Apoi se întorc doctorii de la masă și găsesc spitalul gol. Caută ei ce caută, și o găsesc pe făptaşă în biroul directorului. Stătea chiar pe fotoliul lui şi îi aştepta.

- Cine eşti dumneata?

- Pacienta Minune. Felicia Minune de la Inofensivi.

- Aha, şi ceilalţi unde sunt?

- I-am făcut bine şi i-am trimis acasă. Pe dumneavoastră vă doare ceva?

Un doctor, mai slab de înger, îşi pierde cumpătul şi o loveşte în cap cu un scaun. Altul sună la salvare. Pacienta Minune sucombă, înconjurată de siluete în alb.

* * *

Pe pacient îl doare burta. Trei doctori l-au fixat de un scaun, i-au băgat pe gât un cârlig, îi dau drumul şi apoi trag. Mai întâi scot un inel.

- Amintire de la prima nevastă, le explică binevoitor pacientul. Nu puteam să-l mai port pe deget, lângă cel nou.

Mai trag doctorii de sfoară, şi trag afară un volum.

- Sunt poemele lui Wordsworth. Erau interzise pe vremea Juntei. Nu le puteam ţine în bibliotecă.

Urmează un evantai, o foreză, un kilogram de făină, un pieptene, o colecţie de insigne şi un glonţ.

- E de la Revoluţie, se laudă pacientul. Probabil că de asta mă durea burta.

Dar doctorii mai încearcă odată, şi cârligul se înţepeneşte. Trag ei ce trag, din toate puterile şi îi scot afară plămânii şi splina, după care iese şi un struţ. Doctorii îl lasă pe pacient şi încep să pescuiască în struţ.

* * *

O doctoriţă a avut ghinion. A uitat umbrela acasă şi, pe drumul de la tramvai la spital, a plouat-o puţintel. Atât cât să-i decoloreze halatul. Iar la intrarea în spital, este oprită de gardian:

- Dumneavoastră, cine sunteţi?
- Doctoriţa Filipescu.
- Nu vă cred. Nu aveţi halat alb.
- Cum nu am? este pe mine.
- Ba nu este.
- Cum nu e? Şi ăsta ce-i?
- Păi, ar aduce cu un halat, dar nu e alb, este verde. Nu e regulamentar.
- Ah, observă doctoriţa. Mi l-a plouat de la tramvai încoace. Am uitat umbrela acasă.
- Doar nu vă aşteptaţi să vă cred. Şi, apoi, nici nu contează. Fără halat alb, nu intraţi.

Doctoriţa pleacă la supermarket să îşi cumpere vopsea.

Variantă: doctoriţa trece în forţă de gardian şi, urmărită de el, se năpusteşte spre biroul directorului, care i-a fost, pe vremuri, amant. Directorul nu o recunoaşte şi cheamă poliţia. A doua zi, după o judecată sumară, doctoriţa este executată.

Variantă la variantă: pentru a fi lăsată să intre, doctorița se culcă cu gardianul, în ghereta acestuia, contractează o boală venerică necunoscută și moare în chinuri două luni mai târziu.

Farse, lacrimi și o găleată de sânge

SE ȘTIE CĂ Italia epocii pe care ne-am obișnuit să o numim Renaștere a fost, înainte de toate, una a farselor. Așa cum ne-o arată și marele Burckhardt, nu explozia artelor frumoase, nu redeșteptarea limbilor clasice, nu îndrăzneala noilor filosofi ai naturii au dat culoare acelor vremi fastuoase, ci înclinația oamenilor spre șotii, spre glume, spre feste jucate celor din jur. De la copil la bătrân, de la bogat la sărac, de la sfânt la păcătos, care mai de care se întrecea să îi ia pe ceilalți peste picior, să născocească tertipuri și să provoace împrejurări prin care să se impună, să își dovedească superioritatea în zglobia întrecere a ascuțimii de minte și a șireteniei.

Fără dușmănie, fără încrâncenare, ușoare și tăioase ca o lamă sarazină, farsele renascentiste sunt adevărate capodopere ale genului, ce au făcut să pălească de invidie zeci de generații de urmași, discipoli mai puțin norocoși. Ce le-a lipsit? Inspirația? Talentul? Sau întreaga atmosferă – de relaxare, de nepăsare, de inocență – ce a făcut din Renaștere timpul prin excelență al farsei?

Toate acestea, și multe altele, au fost deja descrise de Burckhardt. Dar, cum ilustrul elvețian și-a propus să trateze sintetic fenomenul, fără a intra în amănunte prin exemplificări detaliate, am luat asupră-mi această sarcină.*

Genova, 1477

Prea puţine istorii oficiale reţin întâmplarea redată în cele ce urmează. Eroul acesteia e cardinalul de Santa Cecilia, Cibo, mare amator de tinere fete. Scrupulos din fire şi teolog iscusit, Cibo a găsit soluţia prin care să-şi împace conştiinţa cu încălcarea repetată a legământului de celibat. Necinstea numai fecioare evreice, de a căror disperare se folosea apoi pentru a le creştina şi a le trimite la mânăstire. În acest fel poftele sale nelegiuite slujeau gloria veşnică a Bisericii. Ani de-a rândul au mers lucrurile aşa, căci evreice erau pe atunci peste tot, şi cardinalul Cibo avea de unde alege. De creştine se ferea ca de dracul.

Într-o zi, în timpul unei călătorii incognito, i s-au aprins călcâiele după frumoasa Miriam, fata lui Rabi Iehuda ben Solomon, din Livorno. A poruncit să îi fie adusă, împreună cu tatăl, şi i-a propus acestuia un târg: viaţa lui contra onoarei fetei. Evreul a cerut – şi a primit – trei zile de gândire, timp de care s-a folosit pentru a îşi lua revanşa, în avans, faţă de cardinal, botezându-şi fata într-o biserică oarecare. La sfârşitul celor trei zile, cu ochii în lacrimi şi cu sufletul în sânge, Rabi Iehuda a predat-o pe Miriam.

Iar în dimineaţa următoare, în zori, a apărut la casa de desfrâu a cardinalului – pusă la dispoziţie de vărul său Doria – şi i-a dat vestea fatală: necinstise o creştină. Lui Cibo, disperat, îi rămăsese o singură soluţie logică: inversarea datelor. Circumcizia a fost săvârşită chiar de către tatăl fetei, pe care cardinalul l-a sugrumat apoi cu mâna sa. Pe Miriam a mai păstrat-o o vreme, după care i-a tăiat limba şi a lepădat-o la mânăstire. Iar apostazia sa a rămas necunoscută, astfel că, ani buni mai târziu, Cibo a fost ales papă, sub numele de Inocențiu al VIII-lea. Avea să rămână în istorie ca dușman de moarte al vrăjitoarelor.

Tivoli, 1492

Nimic nu părea a tulbura bătrânețile venerabilului senator Gondolfo. Asta până în ziua în care Destinul i i-a scos în față pe teribilii frați Colombini. Gemenii – Tomasso și Pietro – adunaseră împreună șaizeci și patru de primăveri, toate (sau aproape toate) pline de fărădelegi. Condotieri, bandiți de drumul mare, cămătari, dar mai presus de toate pariori invincibili – de parcă Diavolul însuși ar fi pariat împreună cu ei – își făcuseră un titlu de glorie din a nu pierde niciodată, nimic, în fața nimănui. Și până acum reușiseră.

Cu senatorul s-au întâlnit la o cursă de armăsari. Așa își petrecea timpul bătrânul – după ce renunțase, pe rând, la femei, la băutură și la politică – în plăceri pe care sănătatea lui șubredă i le mai permitea. Aici s-a întâmplat ceva fără precedent. Calul pe care pariase Gondolfo a ajuns primul la linia de sosire, dar în același timp cu acela al fraților Colombini. Arbitrul n-a putut spune dacă vreunul trecuse înaintea celuilalt.

În mod normal, câștigul ar fi trebuit împărțit. Senatorul n-ar fi avut nimic împotrivă, dar gemenii s-au opus categoric. „Nimeni nu împarte câștigul cu noi. Să mai alerge o dată, numai calul nostru și al tău". De bună credință, Gondolfo s-a învoit. Iar când, aproape de sosire, calul său era cu doi pași în față, cei doi Colombini au ridicat armele și au tras. Câștigaseră din nou.

Dar senatorul nu mai pomenise așa ceva. Tremura și spumega tot – îi curgeau bale și prin urechi: „Ticăloșilor! Criminalilor! Pui de năpârcă! Veți plăti pentru asta înmiit; nimeni nu se poartă cu mine așa! Mă voi folosi de influența mea în Senat, ba mă voi duce și la noul Papă... Cândva mergeam la curve împreună. Până nu vă termin, nu mă las! Ascultați la mine, pungașilor, așa bătrân cum sunt, voi vedea cu ochii mei cum veți fi decapitați. Și ochii mei se vor bucura. Fii de cățea puturoasă și lacomă!" Auzind acestea, cei doi frați i-au răspuns, într-un glas: „Pe cât punem pariu, broscoi holbat, chelbos și tembel?". Și au plecat, val-vârtej. Era clar că aveau ceva în minte.

Și, într-adevăr, două săptămâni mai târziu, într-o sâmbătă, pe la prânz, gemenii l-au răpit pe senator, l-au dus la moșia lor de la marginea orașului și i-au scos amândoi ochii, din rădăcină. Au scuipat pe ei și i-au călcat în picioare. După care au pus pe un unchi de-al lor, scăpătat, să îi decapiteze în fața bătrânului.

Piacenza, 1511

Și în lumea târgoveților, a micilor negustori, farsele erau la loc de mare cinste, și fiecare se distra cum putea. Sătulă de accesele de gelozie nestăpânită – și nejustificată – ale bărbatului, Filomena a cerut ajutorul fratelui său, Vincenzo, care i-a promis că îi va coace una lui Fabrizio, de-o să-l învețe minte pentru tot restul zilelor sale.

Și iată că, după o săptămână, sosind acasă dintr-o călătorie de afaceri reușită, Fabrizio a văzut – sau a crezut că vede – pe propria nevastă, făcând amor nebun cu un bărbat străin, în patul conjugal. Sub primul impuls de furie necontrolată, s-a dus în grajd, s-a întors cu un topor și i-a căsăpit pe amanți. Când Filomena și Vincenzo au venit – cu un sfert de oră întârziere – pentru a-și bate joc de el, l-au găsit așezat pe prag, vorbind într-o limbă necunoscută.

În ce-i privește pe măcelăriți, aceștia erau doi tineri din Verona sincer și profund îndrăgostiți unul de celălalt, a căror situație materială precară – după ce fugiseră de la casele părinților, care nu vedeau cu ochi buni însoțirea lor – îi silise să accepte angajamentul sordid. Sângele celor doi, amestecat pe veșnicie, a fost cules în celebra „găleată a lui Policino" (grăjdarul ce a furnizat-o, împreună cu toporul), care a fost luată ca pradă de război, câțiva ani mai târziu, de către ocupanții spanioli. După alte aproape trei secole, în 1811, armata de muzeologi a lui Napoleon avea să o transfere la Paris; astăzi poate fi admirată la Louvre (etajul II, aripa Denon, a treia sală dinspre Porte des Lions).

Roma, Veneția, Wittemberg, 1521

Consilierii dominicani ai Papei Leon al X-lea, supranumit „Șugubățul", au imaginat poate cea mai bizară farsă din lungul șir ce a marcat pontificatul acestuia, făcându-l atât de faimos. Încă din 1514, de la deschiderea afacerii indulgențelor, spionii papali îl aveau sub urmărire pe Martin Luther, profesor de filosofie la Universitatea din Wittemberg, care avusese imprudența să își spună cam prea deschis părerea în această privință. Au existat chiar propuneri de eliminare discretă a sa, neavizate de papă. Evenimentele ulterioare au confirmat însă potențialul periculos al germanului, ale cărui teze aveau să declanșeze infernul în Europa.

În 1517, când poate era deja prea târziu, consiliul secret papal s-a reunit pentru a rezolva „problema Luther". S-au schițat câteva proiecte, dar decizia a fost din nou amânată. După alți patru ani, când sigur era prea târziu, s-a găsit în sfârșit o soluție – una pe placul augustului, divinului farseur florentin.

În cea mai mare taină, s-a apelat la Augurello, poet mediocru, dar mare alchimist, care, în laboratorul său venețian, studiind horoscopul lui Luther, a făurit în mai puțin de o lună o copie a acestuia – identică până în cele mai mici amănunte. Reușita sa a fost răsplătită de papă cu o rară generozitate. După care golemul a fost preluat de dominicani. Aceștia l-au hrănit cu paste și cu vin roșu, și l-au îndoctrinat în spirit papist. Firește că reușita operațiunii era mai mult decât nesigură – ca în cazul oricărui golem – însă ce aveau de pierdut? Dezastrul se produsese oricum.

Ceva-ceva a răsuflat însă, cu tot secretul în care s-a lucrat, și zvonul despre o posibilă răpire a lui Luther l-a făcut pe Frederic, elector de Saxonia, să organizeze o contra-răpire, în scopul de a-l pune la adăpost. Dar emisarii mascați ai papei le-au luat-o înainte saxonilor și l-au înlocuit pe

Luther cu dublura sa. Așa că, în vreme ce aceasta din urmă huzurea în castelul din Wartburg, proaspătul excomunicat putrezea de viu în pivnițele Vaticanului.

Papa Leon nu a apucat să vadă sfârșitul farsei vieții sale: a murit cu câteva săptămâni înaintea prizonierului său. Cât despre noul Luther, el s-a întors nu la catolicism, ci împotriva celor mai înfocați adepți ai Reformei – țăranii răsculați – încurajând masacrarea lor de către oștile princiare. Și nimeni nu și-a dat seama de mistificare, chiar dacă unii apropiați au notat cu surprindere că Marele Martin, Eroul Germaniei, își pierduse considerabilul apetit pentru bere.

Siena, 1534

Giuseppina, de 13 ani, era cea mai frumoasă dintre cele șapte fete ale bancherului Arminotti. De fapt, nu era cine știe ce frumusețe, dar celelalte șase erau atât de urâte... Iar invidia lor față de sora cea drăgălașă nu cunoștea limite. Într-o seară, după o petrecere la care nimeni nu le băgase în seamă, au așteptat ca ea să adoarmă și apoi au hotărât să o desfigureze. Nu de-adevăratelea, firește, doar erau niște domnișoare bine-crescute. Numai așa, ca s-o sperie.

Au preparat din făină, ulei de măsline și lapte de cocos o mască pe care i-au întins-o pe față. Apoi i-au desenat cicatrice. Rezultatul era minunat – ca și cum o pisică uriașă ar fi zgâriat-o până la os. Când s-a trezit, Giuseppina s-a dus, ca de obicei, în fața oglinzii, și a țipat. După care a început să plângă. Și a plâns, a plâns, a plâns, până ce masca i s-a scurs de pe față, și chipul cel frumușel a reapărut în oglindă. Atunci, Giuseppina s-a șters la ochi și a zâmbit.

Între timp, lacrimile vărsate au scăldat dușumeaua, trecând dintr-o cameră în alta și revărsându-se în cele din urmă în stradă. Șuvoiul de lacrimi a curs năvalnic, prin mijlocul orașului, inundând din loc în loc câte-o pivniță, și a fost captat de canalul colector săpat de locuitorii Sienei cu două secole în urmă, pentru situații similare. Canalul ducea către Terziana, oraș vecin și rival, în special în cadrul concursurilor bahice autumnale. Lacrimile au trecut pe sub coasta sudică a dealului ce străjuia Terziana, și au provocat alunecări de teren ce au îngropat orașul în întregime. În zadar l-am mai căuta, astăzi, pe hartă; o ambițioasă campanie de excavări arheologice este anunțată pentru vara lui 2019.

* Notă: paginile de față fac parte din vastul proiect „Istoria universală a farsei", primul demers pe această dificilă temă, după cunoștința mea. Studiul își propune să analizeze resorturile farsei și implicațiile acesteia în istoria și cultura omenirii, din Mesopotamia și China antică până în prezent, trecând prin civilizațiile pre și postcolumbiene, Australia aborigenă, imperiul lacustru thailandez și multe altele.**

** Notă la notă: Nici nu am inițiat bine faza de documentare, și vastitatea acestui proiect a ajuns deja să mă copleșească. Fiind foarte probabil să renunț în cele din urmă la idee, aștept amatori (solvabili) care să preia drepturile de autor.

Cei dintâi

CÂND ERAM MIC, bunicul îmi povestea despre strămoși. La masa de dimineață, ziua, în timpul plimbărilor prin oraș, seara, la culcare – îmi povestea tot timpul. Acum, când mă gândesc la bunicul, nu mi-l pot aminti altfel decât povestindu-mi despre strămoși.

Să nu uiți, să nu uiți nepoate că strămoșii tăi au fost cei dintâi între toți. Și asta din cele mai vechi timpuri. Vitejia și iscusința lor i-a făcut să se impună în lume, să facă respectat și temut numele nației noastre. Dușmanii, ca și prietenii, ne recunoșteau și ne invidiau, pentru că nici o țară nu se putea compara cu a noastră. Aici curgea lapte și miere. Și când nu curgea, pica. Am știut întotdeauna să ne descurcăm, să trecem prin istorie ca gâsca prin apă, să supraviețuim înconjurați de vecini mai puternici, mai harnici și mai perseverenți.

Adevărul e că nu numai bunicul vorbea întruna despre strămoși. Era, cum mai este și astăzi, aproape singurul subiect de discuție printre compatrioții mei. La TV, la radio, în ziare, istoriile glorioase predominau în raport cu știrile de zi cu zi. Filmele, piesele de teatru, concertele, erau și ele despre strămoși. Dar nimeni nu povestea cu farmecul și cu convingerea bunicului.

Mare a fost Victor cel Mare, mare a fost Victor cel Mic; la fel și Victor cel Mijlociu, toți Domni unul-și-unul. Mare a fost și văduva lor, Doamna Victoria cea Afurisită. Dar mai mare decât toți – inimaginabil de mare – a fost Înălțimea sa Domnul Victor cel Scund, zis și „Nemărginitul" – îmi spunea bunicul la coadă la Alimentara, arătându-mi efigia acestuia pe borcanele de bulion. *El a opus rezistență armatei anglo-norvegiene, vreme de aproape trei zile. A pierdut, în doi ani de domnie, doar treizeci de cetăți. Patru le-a și luat înapoi. Nici fiul său n-a fost rău...*

Așa s-au scurs anii vârstei mele de aur, în zumzet de bătălii și clămpănit de proteză dentară. Când cineva mă întreba ce vreau să mă fac când voi fi mare, spuneam că mă voi face strămoș. Și nimeni nu râdea. Dimpotrivă: devoțiunea mea îi impresiona pe toți și mi se prezicea un viitor strălucit. O mătușă de-a mea susținea, exagerând, că aș putea ajunge chiar gestionar. Doar bunicul Victor nu părea interesat de viitorul meu: pentru el, trecutul era cu mult mai important.

Un model de înțelepciune națională a fost Domnul Victor cel Prost, supranumit de vrăjmașii săi „Cel-de-o-prostie-fără-Precedent". Când caravelele portugheze au coborât pe Dunăre, în căutarea legendarului Eldorado (aici era, Victoraș, pe meleagurile noastre preasfinte), Domnul a dat foc tuturor cetăților și s-a ascuns cu poporul în munți. Portughezii, înșelați, au făcut calea întoarsă, fără să fi luat nimic de la noi. Un sfert de secol mai târziu, când ai noștri au ieșit din codrul cel des, umed, întunecat și prietenos, au găsit țara populată de nemți. Aceștia se instalaseră aici, renovaseră cetățile, cultivaseră grâu și porumb și puseseră pe roate o economie de piață funcțională. Restauraseră chiar și vechile ruine pelasgice. Dar, nereușind să reziste iureșului oamenilor-pădurii, și mai cu seamă mirosului acestora, s-au întors în țara lor, lăsând totul baltă. Ăștia am fost noi, Victoraș: i-am dus de nas pe toți, într-un fel sau altul.

Sau:

Primul zbor spre Lună a fost inițiat de către Domnul Victor cel Surd, care a plecat din capitala Hilarienburg într-un car cu boi, minune a tehnicii acelor vremuri. Misiunea s-a încheiat însă prematur, în comuna Împiedicați, unde atelajul a fost primit de către localnici cu ospitalitatea noastră tradițională. După un chef care a durat doi ani și opt luni, Domnul a făcut apoplexie și a crăpat, lăsând tronul fiului său, Victor cel Surd și Șchiop, care avea să își câștige, în urma bătăliei cu năvălitorii helveți, supranumele de „Cel Surd, Șchiop și Ciung".

Sau, în fine:

Ehei, nu mai suntem ce-am fost. Dar tot calitățile noastre fără seamăn pe lume ne-au dus de râpă. Trebuie să cunoști, nepoate, povestea Domnului nostru Victor cel Mărinimos, supranumit „Păduchiosul". Într-un acces de dărnicie unic în istoria neamurilor, a întreprins un turneu pe la toate curțile Europei, Asiei și Africii, rugându-se de capii acestora să îi accepte cadourile: cheia vreunei cetăți, câte o mină de aur, o provincie mănoasă... Dar ei îl țineau la distanță, ferindu-se de paraziți cum puteau, și refuzau să primească ceva. Atunci le-a lăsat alor noștri...

Copilăria mea inițiatică a luat sfârșit odată cu viața bunicului, care a murit într-o după-amiază nefastă, sufocându-se într-un autobuz supra-aglomerat. Bunicul s-a alăturat galeriei de spectre ce fac gloria națiunii, dar poveștile lui mi-au rămas alături, călăuzindu-mă în anii ce au urmat. Pot spune, fără să exagerez, că din ele mi-am tras puterea și echilibrul, că ele mi-au ținut dreaptă cârma corăbiei cu care am navigat prin oceanul învolburat al timpului.

Am terminat școala, liceul, ba chiar și o facultate. M-am însurat și am făcut trei copii: Victor, Victor și Victor. Din păcate, nu am ajuns gestionar, ci doar profesor de istorie. Este cea mai banală profesie din țară – aproape o treime din populația matură o practică – și cea mai prost plătită. Dar am satisfacția de a le povesti, la rândul meu, copiilor, despre faptele înaintașilor: am preluat ștafeta bunicului. Și mă străduiesc să fiu la înălțimea exemplului său. Când Victorițele și Victorașii din clasă rup scânduri din bănci, se bat pe vreun obiect de îmbrăcăminte sau pur și simplu urlă de foame, eu îi liniștesc dându-le exemple ilustre.

Stră-stră-stră-strănepoți de eroi, și odrasle ale unor ființe bicisnice, luați aminte la mine și încercați să trageți învățături din pilda strămoșilor noștri.

Și le istorisesc câte o bătălie din trecutul nostru de glorie, în timp ce ei se împart în două tabere și se bombardează reciproc cu scuipați.

Apoi vin sărbătorile, când ne împodobim școala cu drapele naționale și cu fotografii ale unor cetățeni ce seamănă leit cu eroii. Cum strămoșii noștri au fost primii în toate, serbăm aproape tot ce se poate serba: ziua descoperirii Green-Landei, ziua inventării helicopterului, ziua inaugurării Marelui Zid... La care se adaugă nenumăratele aniversări și comemorări ale Domnilor și

Doamnelor și celebrările înfrângerilor-doar-pe-trei-sferturi în războaiele de apărare a patriei. Avem 129 de sărbători, fără a le socoti pe cele religioase. De altfel, și cei mai mulți dintre sfinți tot din neamul nostru se trag.

Așa au mers lucrurile o vreme, până într-o zi de duminică, în care, fiind singur acasă (copiii și soția erau la cerșit, pe treptele bisericii), am auzit bătăi în ușă. Am deschis, am privit în jos – până pe la nivelul buricului – și am încremenit: era Cel Scund în persoană, în toată nemărginirea sa. După ce m-a asigurat că nu este vreun actor, angajat să facă reclamă la bulion, i-am făcut cuvenitele plecăciuni și l-am poftit înăuntru.

Fiule, mi-a zis el, cu voce pițigăiată, *vor veni vremuri grele, dar tu să nu te lași doborât de disperare. Adu-ți aminte de vorbele bunicului, adu-ți aminte de faptele noastre și vei reuși. Vei supraviețui și tu, cum a supraviețuit însăși nația. Oricât de greu îți va fi, vei ști că noi îți suntem alături, și că te poți sprijini pe noi în orice împrejurare. Ai fost întotdeauna un patriot, ai crezut în noi cu toată ființa ta, și nu te vom lăsa.*

Iar vremurile cele grele au venit. Nemaiputând să ne plătească salariile, statul ne-a concediat pe jumătate dintre noi, aleși în mod echitabil, prin tragere la sorți. În scurtă vreme, soția m-a părăsit – pentru un șmecheraș dubios, cu bani și mașină străină – lăsându-mi copiii pe cap. Nu i-o pot lua în nume de rău: nemaiavând bani pentru dări, statul ne oprise apa și căldura (iarna era abia la început). Cum era să mai rămână?

Cu două ore înainte să mi se taie și lumina, am văzut, cu satisfacție, la știri, că sub dărâmăturile unui nou cartier (surpat, fără motiv, peste noapte) s-a găsit clavicula stângă a celui dintâi om din lume: strămoșul nostru, al tuturor. Testul cu carbon radioactiv a stabilit, fără dubiu, că datează dinainte de facerea lumii. Pentru asta am deschis o sticlă de vin franțuzesc, pe care o păstram de la absolvirea facultății. Aș fi preferat să cumpăr o sticlă dintr-al nostru, contrafăcut, dar banii nu îmi mai ajungeau.

Mă pregăteam să îmi torn în pahar (băieții nu au împlinit încă opt ani -vârsta legală pentru consumul de băuturi spirtoase), când o mână de femeie mi-a smuls sticla, cu violență. Era o tânără nespus de frumoasă, îmbrăcată în straie cum nu mai văzusem decât la muzeul de Istorie a Nației. De unde apăruse lângă mine? Dar pe cine interesează?

În halul ăsta ai ajuns, să bei din vinul dușmanilor? Ar trebui să îți fie rușine.

A deșertat licoarea infamă, a scos din sân un poloboc generos și m-a tras după ea în dormitor. A doua zi dimineață dispăruse, dar casa era dereticată, iar cămara plină cu de-ale gurii. Iar peste o săptămână, pe seară, m-am trezit cu altă mândră nurlie.

De atunci fac dragoste doar cu Domnițe din vechime, ce mă vizitează în calești aurite – pe care le parchează în balcon. Și trebuie să spun că nu o regret pe Victoria: Domnițele sunt cu mult mai bune la pat. În plus, gătesc dumnezeiește, fapt ignorat pe nedrept de cărțile noastre de istorie. Am de gând să fac personal demersurile necesare la Minister, pentru remedierea acestui neajuns.

Faptele, precum și nefaptele de glorie, apatie și grație ale viteazului între viteji Pardesian Anti-diluvian

- istorie întocmai rescrisă -

DESFID PE ORICINE îmi va contesta buna credință, punând sub semnul întrebării originalitatea cronicii mele. O spun din capul locului: criticii mei sunt niște imbecili care nu au habar de ce înseamnă, cu adevărat, literatură. Nu există idei sau cuvinte care să poată fi apropriate, pe care să se poată pune sechestru. Ele circulă liber prin lume, și ne aparțin tuturor, în egală măsură.

Poate Ovidiu să scrie „tăpșan"? Pot și eu să scriu „tăpșan", iar tăpșanul meu, trecut prin filtrul propriei experiențe de viață, va fi, categoric, un cu totul alt tăpșan decât acela al romanului. Poate Ovidiu să descrie măiestrele acuplări ce au loc pe susnumitul tăpșan? Pot și eu să le descriu, folosind aceleași vorbe, și îngemănându-le în același fel. Și voi fi, la rândul meu, un creator. Nu doar o nouă lectură, ci și rescrierea unei cărți ne dezvăluie o altă față a acesteia. În fapt, este o nouă carte, profund originală. Aşa ne învaţă, de altfel, şi sublimul Bibliotecar, autoritate supremă în domeniu. Dar să uităm de Ovidiu. Nu prin fleacuri amantlâceşti vreau eu să strălucesc; ambiţia mea se înalţă cu mult mai presus – spre vârful absolut al creaţiei în arta îmbinării cuvintelor.

Şi ce dacă această istorie a mai fost scrisă – cuvânt cu cuvânt – de cel mai mare Bard din câţi au existat, de cel supranumit Inegalabilul? Ce dacă nu am adăugat nici o virgulă la rândurile Lui meşteşugite? Ce dacă n-am mai scris niciodată nimic – şi nici nu voi mai scrie, după această capodoperă? Ce dacă stilul meu este butucănos, fantezia mea – împotmolită, iar talentul – inexistent? Ce dacă, în comparaţie cu El, sunt un simplu scrijelitor de copaci:

Anna + Mine + Bianca = Amour (LOVE)

(inscripţie de la 7 ani)

? Ce importanţă pot avea toate acestea, puse în balanţă cu trăirea mea – autentică? Mi-am pierdut trei ani din viaţă copiind, cu scrupulozitate, fiecare literă din povestea iniţială, rotunjind la s-uri, tăind la t-uri, înnodând la f-uri, până când am ajuns să mă identific cu povestea mea. A mea, a mea, a mea. Ei bine, da, în ciuda tuturor detractorilor, bieţi scopiţi de imaginaţie, căzuţi în jalnica manie a orgoliului autoricesc, Pardesian Neînfricatul este şi va fi în veci al meu, aşa cum

Don Quijote îi va aparţine de-a pururi lui Pierre Menard. Şi cum ar putea schelălăitul lor neputincios să stea în faţa superbiei paginilor (re)scrise de mine?

Vă las să apreciaţi:

A fost odată, a fost de două ori, a fost de trei ori rostită suma de opt sute de mii de dirhemi, şi spada mlădie a Neînfricatului a fost adjudecată. Cine să fi fost norocosul? Un şoim de vânătoare, coborând năprasnic din înaltul cupolei, a fost tot ce a lăsat în urmă. Auctioner-ul i-a luat bileţelul din cioc şi a continuat, imperturbabil. Urmează perechea de pinteni cu care îşi îndemna la galop sălbaticul inorog, pe Burghian. O ocazie unică...

De ce ai pierit, călăreţule? De ce ne-ai abandonat vieţii fără de tine, când erai singurul nostru reper într-o lume învârtejită în sine? Felinarul nostru în ceaţă, papiota noastră în labirint, ardeiul nostru iute în ciorbă, viaţa fără tine e moarte, moartea alături de tine e viaţă. Fericiţi duşmanii pe care, în generozitatea-ţi fără de margini, cu tine i-ai luat în mormânt! Ei îţi stau acum alături, lustruindu-ţi armura, şi stropi de vin din barba-ţi li se preling în creştet! Iar noi bem singuri – vai nouă! – şi nectarul se preface în gurile noastre în fiere. Întoarce-te, neînvinsule, şi taie-ne beregăţile. Atârnă-ţi tigvele noastre de oblânc şi du-le cu tine în goană. Calcă-ne în copite trupurile sângerânde... Vrem să fim cu tine, din nou!

Era ora închiderii la Bursa din Bagdad, şi mugetul electronic al muezinului încă mai vibra în timpanele noastre. Ce dimineaţă de groază. Ce amiază hulpavă. Ce oboseală pe

*seară. Ziua trecuse ca oricare alta din anii noştri fără
însemnătate. Nu mai aşteptam nimic de la viaţă, nimic în
sensul mic, plictisit: ne vom arunca în noapte din nou, cu
speranţa deşartă de a fi şi ultima... Şi atunci, chiar atunci a
apărut: era alb precum zăpada din munţii de la miazănoapte,
era înalt precum palmierii din jungla de la miazăzi. Era el şi
atât – Pardesian, şi a fost de ajuns pentru ca noi să nu mai
fim. Nici n-am fost.*

*Nu, să nu cutezi, păcătosule! Vocea ta e mai caldă decât
apa cea albastră a Mării Roşii, mai lină decât fulgul de pasăre
în cădere, mai suavă decât susurul oazei, mai delicată decât
gâtul fecioarei. Viersul tău face munţii să dănţuiască, face
deşertul să curgă, pe şerpi îi face să plângă, pe lei să pască
iarba şi pe porci să zboare... Nimeni nu a ascultat vreodată
un cântec, dacă pe tine nu te-a ascultat. Nimeni nu a plâns
vreodată, dacă nu l-ai făcut tu să plângă. Dar să îl cânţi pe
Pardesian! Să îi reciţi isprăvile fără de seamăn pe lume, ca
şi pe nelume? Cum îndrăzneşti, bou nevolnic? Măgar
atonal! Scoate-ţi întâi ochii şi mai vorbim.*

*La Verdun, în căutare de eunuci pentru haremul
Califului, preauns cu alifii plăcut mirositoare fie-i trupul
diform... Pardesian a descins pe la amiază, dacă amiază era
aceea a barbarilor, cu o umbră de soare pitindu-se pe cerul
dens, plumburiu. Cât era câmpul de lat, pe atât era şi de
lung, şi plin cu sclavi de tot soiul. Erau briţi cu plete roşii,
unsuroase şi încâlcite, normanzi cu coama aurie, franci
subţiri, fără de vlagă, saxoni cu burţile pline de bere... „Nu
am vreme de pierdut", a tunat Pardesian. Moshe Chiorul,
cuţitarul, a râs scurt şi i-a iertat pe toţi de bărbăţie înainte*

de ivirea Nocturnului. Ne-am prosternat atunci, slăvindu-l pe cel Atotputernic, ce, în înţelepciunea Sa unică, aflase soluţia de a lumina fără să ardă... În vreme ce sacii cu fudulii luau calea cocinelor imperiale. Sta-v-ar şoriciul în gât, câini necredincioşi şi murdari!

Născut în apropiere de Antiohia, în anii secetei celei mari, Pardesian a crescut într-un an cât alţi copii într-o lună, iar într-o lună – cât alţii într-o zi. Aşa că a ajuns să fie, în tinereţe, pipernicit, schilod şi vai de capul lui. Statura sa mândră şi impozantă şi-a câştigat-o mai târziu, la anii maturităţii, în luptă dreaptă cu uriaşul Tyresias. Iar alţii spun că prin puterea minţii...

Fraţi întru Hristos, zvon groaznic auzit-am: vine peste noi Pardesian. Prăpăd de nedescris ne va lovi. Va scoate spada sa vrăjită din teacă, şi razele-i de neprivit ne vor împietri. Se va culca cu femeile noastre – doar câte o dată, cu fiecare – şi ele nu ne vor mai primi. Iar Burghian, armăsarul său diavolesc, îşi va slobozi răgetul mut, şi toate vitele noastre vor da năvală, înnebunite, să se împreuneze cu el. Le va străpunge frunţile cu cornul său cel viril, şi vor rămâne grele cu monştrii Apocalipsei. Nu vă feriţi fraţilor, nu vă ascundeţi, nu încercaţi cumva să luptaţi. Nu avem nici cea mai mică şansă. Cruda, implacabila Soartă o mai poţi ocoli – dar nu pe Pardesian.

O mie de neveste avea, şi nu-i ajungeau într-o seară. O mie de caftane avea, şi le schimba pe toate într-o zi. O mie de stomacuri umplea, şi prânzul era la început. O mie de butoaie golea, şi alte o mie soseau. O mie de lupte a purtat, şi apoi a învăţat a vorbi. O mie de moschei a clădit – şi nu terminase încă școala. *O mie de regate i s-au supus, și pe toate le-a lăsat în urmă, zorit. O mie de inimi purta în pieptul său mare și generos. Doar spada era una, unul și Burghian, precum unul e Domnul oștirilor, și nu trei, cum fabulează romeii.*

O, viteaz între viteji! O, poet între poeți! O, bețiv între bețivi! Cetățile se vor nărui, mările vor seca, Soarele însuși va îngheța, dar amintirea ta va rămâne vie, făcând să tresalte orice suflet. Oamenii vor dispărea, până la ultimul, și tu vei rămâne să ne veghezi stârvurile descompuse. Ești mai viu decât cei mai vii dintre noi, și nimic nu te poate ucide. Drept-credincioșii închină cu toții pocalele cu vin rubiniu și chihlimbariu, și îți cântă nepieritoarele imnuri:

Slavă Ție, Doamne, care ne-ai dat răcoarea nisipului,
Slavă Ție, Doamne, care ne-ai dat arșița stelelor
Slavă Ție, Doamne, care ne-ai dat râgâitul cămilei
Slavă Ție, Doamne, care ne-ai dat setea gâtlejului
Și dulcea otravă cu care s-o înțețim.

Slavă Ție, Doamne, care ai visat strugurii,
Și în visul tău au crescut în ciorchini,
Slavă Ție, Doamne, care de atunci tot visezi,
Murmurând: „mai umpleți-mi cupa, creștini",
Iar slugile tot toarnă la vin.

Vă amintiți bătălia de la Sequel? În zori a început, sângeroasă, și părea a nu se mai sfârși. Luptau vitejii ca niște vulturi: păgânii cădeau în juru-le – câte douăzeci pentru unul de-al nostru – dar alţii răsăreau, din pământ... Către seară drept-credincioşii, sleiţi, tăiau în carne vie în continuare, dar duşmanii refuzau să se împuţineze. Pardesian era bolnav pe atunci – îl muşcase un iepure de picior şi zăcea, cu febră, la Merv. Dar un înger al Domnului i s-a arătat, anunţându-l că ai săi vor pieri. Cu ultimele puteri, şi în ciuda poveţelor medicilor, Pardesian s-a săltat în capul oaselor, a apucat spada sa fermecată, a rotit-o pe deasupra capului şi a aruncat-o peste lacuri şi munţi. Prăpăd a făcut printre lifte, care fugeau ca lovite de streche, iar ultimii cinci viteji au învins. Pardesian a mai zăcut două zile, a strănutat violent şi s-a stins. Avea doar treizeci şi una de ierni.

Mi-aţi lustruit armura, mi-aţi uns încălţările, slugi? Mi-aţi pregătit carele cu merinde? Haremul, cisterna de vin? Mi-aţi ţesălat inorogul? Zoriţi-vă, împleticiţilor: îşi aşteaptă creştinii sfârşitul; nu face să întârziem! Sunteţi gata, sunteţi gata odată? Sigur n-aţi uitat nimic? Ah, cât de mult a durat... Am obosit doar dându-vă ordine. Ştiţi ce, strângeţi totul la loc: n-am chef să mai plec nicăieri.

Ere au trecut, ca secunde... Suntem zei, la rândul nostru, acum. Când ne e sete, chemăm ploaia, şi vine. Dacă ne este prea cald, pornim un vânticel răcoros. Munţii îi despicăm într-o clipă, când ne grăbim, în drum spre bazar. Luna o vopsim, după chef, în albastru, în verde, în mov... Zburăm dând din mâini ca din aripi, timpul îl ţinem în loc... Nimic nu ne mai stă în cale. Dar bucuroşi ne-am lipsi de toate, dacă printre noi ar mai fi Pardesian.

Însă cel mai mândru era de menajeria lui minunată: din toate colțurile pământului, animale veniseră cârduri, de bunăvoie, neaduse de nimeni, spre a se lăsa îmblânzite de el. Chiar barcazul lui Noah, de care povestesc israeliții, ar fi fost neîncăpător. Erau miriade de lighioane, și fiecare îi era prietenă: elefantul Abu-Abbas, rinocerul Ibn Mahmud, cămila Aisha, crocodilul ar-Rafi, girafa Zubayda, corbul Ibrahim, hiena Umm Habib, struțul Mutasim, leul Abdallah, șobolanul Nikeforos...

Privesc de pe sofaua mea din înalt și nu îmi pot reține un zâmbet de satisfacție. Orice s-ar spune, am fost inspirat. Cât de lin curg râurile, ce tumultuos cresc ierburile; mireasma florilor cum îți îmbată simțurile! Marea strălucește, vulcanii clocotesc, viețuitoarele roiesc și ele peste tot. Le privesc și sunt mândru de toate; și peste toate sunt mândru de Pardesian. El numai, dintre oameni, și ar fi meritat toată osteneala. Întins la picioarele mele, Profetul îmi dă dreptate pe de-a întregul: Doamne, de nu mi te-ai fi revelat mie, pe el ar fi trebuit să-l alegi.

A fost îndrăgostit Pardesian? A existat vreo femeie – când toate îi erau la îndemână – care să fi însemnat pentru el mai mult decât orice pe lume? Ar fi fost el în stare să își uite de sfintele datorii doar pentru a zări pentru o clipă o buclă răsfirată de vânt? A cântat el în versuri și pe altcineva decât pe Domnul, fie-i numele nerostit? A căzut vreodată în genunchi în fața unei făpturi plămădite din carne, sânge și oase? O bătrână stafidită din Samarkand, pe nume Umm Isa, susține că da. La fel și Fatima, Abdah, Ulaiyah, Kasif, Aziza, Marajil, Maridah...

Călarind inorogul, călărind hetairele, călărind și Marea cea Mare, într-un caic subțirel, pe furtună... Zăceau cu toții sub punte, vărsându-și fierea scârboasă, mai puțin Pardesian. Cocoțat în vârful unui catarg, nelegat cu funii, nepăsător, cânta de nu se mai auzeau nici tunetul, nici mugetul valurilor cât munții. Vocea sa răzbea dincolo de linia orizontului, se opintea în țărmuri și se înturna, mai plină și mai amplă decât la plecare. Dar caicul, purtat de suflarea dementă a Diavolului, nu mai era acolo demult...

Ce le atrăgea cel mai mult pe femei, ce îi înspăimânta cel mai mult pe dușmani, ce îi făcea pe aliați să se arunce la pământ în fața sa era culoarea de nedescris a părului său. Luați un strop de negru din pana celui mai tuciuriu dintre corbi, picurați un strop de sânge din gâtul unui pui de cămilă, adăugați verdele străveziu al smochinei, culoarea fără nume a portocalei, albastrul cerului ce n-a cunoscut umbră de nor și albul imaculat al zăpezii de care atât se vorbește, și pe care atât de puțini au văzut-o, și nu veți obține nimic. O amestecătură fără nici o noimă. Pe când părul său... Nu, oricât de meșter aș fi, nu mă încumet a-i fereca în cuvinte splendoarea. E suficient să spun că, văzându-l, cei mai slabi de înger își pierdeau mințile și porneau a se roti în loc, până când cădeau fără viață în groapa de ei sfredelită. Iar păsările de curte își luau singure gâtul, cu tăișul ciocului, și se aruncau în oala de supă. Aprig păr avea Pardesian... Dar cel mai adesea umbla cu capul complet ras, din pricina arșiței nemiloase.

Spuneți-mi copii, care a fost cea mai de soi dintre isprăvile sale de vitejie? Cum, nu știe nimeni? Sau nu vă puteți hotărî

– doar au fost de mii de ori câte o sută... Vă las timp de gândire până la asfințit, după care, de nu îmi răspundeți, voi fi nevoit să informez direcțiunea. Sau, și mai bine, pe părinții voștri... Cred că știți ce vă așteaptă, în cazul ăsta. Oricum, aflați de la mine că așa ceva nu mi s-a mai întâmplat, și predau de aproape cincizeci de ani. Nu știu ce se va alege de generația voastră – zău că nu știu, copii.

Stăpâne, văd o sclipire în zare. Este, trebuie să fie o oază. * Nu văd nimic, sluga mea credincioasă. * Cum nu vezi, Stăpâne, ți-a luat ochii nisipul? * Ție ți i-a luat, bietul meu slujitor. * Uite-o, e acolo, o văd, doar că se îndepărtează mereu. Să zorim pasul, să înghiontim mai abitir dobitoacele. * În zadar, nefericitule, sunt pe moarte, ca și noi doi. * Vorbește pentru tine, Stăpâne, eu vreau – cu orice preț – să trăiesc. * Ce înseamnă orice preț, pentru tine? Prețul poate fi viața mea? *** Sluga se înfioră de spaimă, dar nu își putu opri stăpânul care, cu un gest brusc, își deschise venele cu jungherul. Apoi își îndesă antebrațul în gura slugii, silind-o să îi înghită sângele gâlgâind. Îl ținu așa până când se îneca și căzu mort la pământ. Atunci Pardesian îl hăcui, pe el și cămila lui, și îi dădu inorogului drept tain. Cu puteri renăscute, acesta reuși să îl târască până la cea mai apropiată oază.

Și atunci, la plecare, gloria noastră, multprealuminatul Basileu, l-a îmbrățișat pe crâncenul Pardesian, ce adusese solia califului. În treacăt fie spus, Cetatea noastră Eternă, Oraș al Veșnicei Străluciri, nu a văzut vreodată arătare mai hâdă și mai respingătoare. Nimic nu era drept, ordonat sau plăcut de privit în făptura sa monstruoasă. Era mic, subțire şi strâmb, şi ducea o ditamai spada, de două ori mai mare ca el. Dar Basileul i-a zâmbit impecabil, înmânându-i rânduitele daruri: treizeci de armăsari din soiul cel mai nobil, o ladă cu giuvaeruri nepreţuite, operele complete ale Stagyritului... Pe toate stârpitura le-a privit cu dispreţ, şi nu s-a bucurat decât la vederea vagonului de cherestea.

Pardesian a avut şi un fiu, pe lângă cele opt sute de fete. Era doar un prunc la moartea tatălui său, dar toată lumea spera că îi va călca pe urme şi va purta stindardul credinţei. Amară a fost deziluzia, douăzeci de ani mai târziu: mii de supuşi ai Califului au înnebunit de durere, mii de fiice ale lor şi-au pierdut pruncii din pântec atunci când s-a aflat că Mahdi îşi deschisese o prăvălie în Shiraz.

Ce s-a ales de Burghian? Cel ce vă va spune că ştie, minte ca un creştin. Nimeni nu l-a mai văzut, niciodată, dar basme se spun câte vreţi. Unii zic că s-ar fi întors pe steaua Mizar, de unde a şi venit, alţii că s-ar fi lăsat îngropat de viu, alături de stăpânul său, iar alţii că, de durere, s-ar fi pierdut în deşert, transformându-se, treptat, în nisip... Câte triburi — atâtea legende, câte familii — atâtea poveşti. Un singur cerşetor, umil şi proscris, alungat dintre oameni ca un lepros, acel ce bântuind prin lume ţese tapiseria acestei cronici, îndrăzneşte a murmura că în fapt nu ar fi existat niciodată, cum nici Pardesian...

Ceața alarmată

- tentativă de parodiere a unor texte clasice*-

AH, CÂT DE GREA E POVARA de a ține ascunse în tine asemenea reci grozăvii. Confuză era lumea și înainte, dar de acum – amar fie-mi gândul – voi păși cu fală deplină pe un drum de neșters. Luminează-mi, prietene, calea, cu torța viselor tale, și așterne-mi un giulgiu în pod.

Totul a început într-o seară, spre surprinderea ulterioară a tuturor, care nu înregistraseră nici o schimbare. Într-un fel, nici nu era de mirare: curcubeul comunitar al grației se afla în continuare la locul său, în panteon, iar urmările previzibile ale acțiunilor noastre se ascundeau ca de obicei cu scrupulozitate de orice iscodiri indiscrete. Și totuși, era altă lume.

Primul semn ce ar fi trebuit să ne dea de gândit s-a lăsat îndelung așteptat. Apoi a mai adăstat o vreme prin anticamerele atenției noastre. După care, cine știe ce a mai fost. Ei, și în cele din urmă a dispărut făr' de urmă.

* „Ceara pierdută" de Sergiu Someșan, „Ceapa diafană" de George Mureșan și, de ce nu, și altele.

Se mai pomeniseră astfel de lucruri în istoria noastră necercetată? Mai fuseseră puși semeni de-ai noștri în situații atât de jenante? Nici nu știam ce să credem. Și nu îndrăzneam să emitem nici cea mai amabilă ipoteză. Dealtfel, nici n-am fi reușit: cuvintele sunt oricum prea semețe pentru a putea zugrăvi orișice.

Ce era de făcut? Dar de ce neapărat de făcut? Și de ce să fie neapărat? Și de ce era nevoie de un „ce"? Ne pierdeam, după o blândă tradiție, în mierea otrăvită a determinării, și asta cu o minuțiozitate suspectă. Înăuntrul nostru se afla răul, și de acolo aveam să pornim. Era singura certitudine pe care o puteam suprima.

Între timp, starea generală, absolut arbitrară, a lucrurilor se agravase proporțional. Haosul domnea peste lume, ca și pe dedesubtul dedesubtului ei. Ceea ce ne pria de minune. Victoria nu ne mai putea scăpa de-acuma; dar mai întâi trebuia să sorbim din cupa sălcie a luptei. Și cum am fi putut să o ducem, dacă nu am fi devenit între timp mai hotărâți decât aveam să purcedem? Și mai grei, și mai calzi și mai bravi. A noastră era indecizia, și de ea atârna soarta imperiului.

Și atunci ne-am hotărât să punem mână de la mână și să oferim, către prânz, o soluție. Dar n-a fost să fie: gâlceava s-a risipit, amuzată, lăsând în urmă un clinchet cu iz de smirnă stătută. Era amurgul de catifea al apocalipsei, dezvelind cu cruzime începutul unei apatii milenare. Așa s-au petrecut lucrurile, și nici un emisar, oricât de aspru ar fi, nu poate susține contrariul.

Dar asta nu este totul. Or, cel puțin, pe atunci nu era. Stindardul cauzei celeste se estompa iradiind în amurg. Așa cum era, de altfel, de așteptat. M-am ridicat în șaua absurdă și am înălțat câteva triluri obscene. Uitasem, în eonii de pace, strigătul clasic de luptă.

Bătălia ce a urmat fusese cântată de barzi, încă din zorii civilizației. Le-am urmat, cu îndemânare, intonațiile, răsucind sfredelul predicției adânc în pântecul nopții. Eleganța supremă a marilor mutilați m-a făcut să simt, pentru prima oară cu adevărat, că trăiesc. Eram un erou, în toată puterea cuvântului. Și în toată slăbiciunea lui abisală. Eram viu, și morții din jur mă chemau cu gesturi lascive. M-am dus.

Din nou, nimic nu părea a se fi schimbat. Congruența relativ absolută face infinitatea lumilor aproape de nedescifrat. Oh, superbia putrezindului prunc! Nimic mai fals și mai strâmb decât certitudinea. Ea ne-a adus în pragul pieirii, acolo unde oricum am fi ajuns. Însă nu oricum, ci luptând. Religia mea este lupta, și sfinții mei sunt mânjiți cu sângele abstract al îngerilor. Glorie veșnică nouă, a căror umbră servilă ne tulbură somnul etern.

Am ajuns mai apoi la o poartă, străjuită de monștri senini. Dincolo, înspre necunoscut, începea să transpară intenția. Am fost, am văzut, am descins și nu am priceput nimic. La ce ne-am mai fi întors? Mai ales că de-acum eram singur.

Aşa că am uitat într-o clipă tot ce deprinsesem până atunci – în prima jumătate de veşnicie. Şi asta a fost cheia succesului. Stăteam în faţa misterului, şi mă încredinţam de iminenţa finalului. Îmi recăpătasem – odată cu inocenţa – speranţa, vederea şi o parte din riduri. Dar lucrurile aveau să o ia razna din nou, în felul lor propriu, cuminte şi ordonat. Şi iarăşi miriade de întrebări au început să îmi dezmierde conştiinţa cu pişcături ca de viespe turbată.

M-am trezit – din ce o fi fost – şi mi-am lepădat furios mantia, scutul şi teaca. Nu mai era loc, nu mai era timp pentru compromisuri. Drumurile mute se despicau în aval.

Mergeam de ani de zile şi, deşi călare, tălpile îmi sângerau. La fel şi nasul, urechile... Din ochi îmi curgeau valuri de clei şi nectar, năclăindu-mi veşmintele deşirate. Nu, nu cred să fi fost lacrimi. Un luptător nu plânge decât pe înserat – era de trei zile amiază şi din soare ploua tot cu clei. Şi nu mai era nimeni prin preajmă să parieze pe orele mele. Pe minutele, pe secundele mele...

Iată că am ajuns la liman. Tot ce a fost până acum nu valorează nimic. Pe stânca abruptă şi golaşă, din rocă neagră şi adâncă, se putea citi – scrisă cu litere colţuroase de piatră – o inscripţie lapidară:

„Clasicii nu pot fi parodiați.

Și asta pentru că sufletul lor fantasmatic,
hrănit prematur cu iluzii fragile,
unduiește în arșița înstelată a timpului
precum coasa cea grea
în hulpavul
ogor.

Iar sângele lor de culoarea aleanului
adumbrit de eschiva celor viteji
se aruncă în sine limpezindu-și suspinele
și arde frenetic gonind primăveri."

Am tras aer albastru în piept, răvășit, și am lovit cu paloșul meu de cristal, săpând în mijlocul stâncii o virgulă ce a schimbat înțelesul întregului univers. A mugit, de mânie și groază, muntele cel prefăcut în balaur și pe loc s-a scurs înapoi. Pe urmă, dacă nu mă înșel, s-a mai întâmplat ceva, și atât.

Best friends money can buy

CÂND ÎMI VA FI DAT SĂ MOR – pentru că, în ciuda evidenţei prezentului, e destul de probabil să se întâmple şi asta – voi rămâne în memoria voastră aşa cum am fost, şi nu altfel (aşa cum, spre pildă, s-ar bucura duşmanii mei, nu puţini). M-am hotărât, după îndelungi ezitări, să fac cunoscută povestea mea, dăltuind-o cu peniţa în istorie. Aceia dintre cititorii mei ce sunt ahtiaţi după senzaţional, ce aşteaptă de la fiecare nouă pagină dezvăluiri uluitoare, cutremurătoare, nu vor fi, cu siguranţă, dezamăgiţi. Puţini semeni de-ai noştri au fost vreodată mai dispuşi decât mine să demaşte, fără compromisuri, abjecţia şi mizeria umană ce ne înconjoară. Cu care ne-am obişnuit într-atâta încât o considerăm firescul însuşi al lucrurilor. Am ajuns să respirăm sulf – organismul nostru respinge oxigenul...

Cu toate acestea, fără intenţia de a jigni pe cineva, nu lor – scormonitorilor prin gunoaie, degustătorilor de dejecţii, necrofagilor de tot soiul – le e destinată confesiunea mea. Am pretenţia de a fi atins un nivel al conştiinţei ce nu-mi mai permite abateri de la drumul anevoios al nobleţei. Nu mi-a fost uşor să ajung aici – cele ce urmează o vor demonstra – şi n-am de gând să renunţ la ceva cu atâta efort cucerit, în urma unei lupte de-o viață. Și mai am o ambiție: ca povestea pe care o voi spune să nu fie citită doar în cheie politică. Nu că aș disprețui zona politicului – nici pe departe – însă există, în viețile marilor oameni, al căror destin este să schimbe cursul istoriei – un filon de autentic tragism ce le face să transcendă această sferă telurică.

Când au început să înmugurească în mintea mea fragedă primele Idei, când a început a se forma viziunea mea despre lume? Nu aș mai putea-o spune: a trecut prea mult timp de atunci. În orice caz, am fost un copil, apoi un adolescent precoce și de când mă știu am simpatizat cu Filantropii. În orice caz, la vârsta de optsprezece ani, la primirea certificatului de deplină capacitate a exercitării drepturilor cetățenești, eram deja un înfocat susținător al celei mai eroice – în purul sens don-quijotesc – grupări politice din istorie.

Pentru că – e poate cazul să o spun, pentru cei mai tineri dintre voi – după șaizeci de ani de quasi-dictatură – în orice caz, de guvernare neîntreruptă – a Partidului Egotist, a te declara Filantrop echivala cu a renunța la orice speranță de viitor. Nu și pentru mine, desigur: avântul, energia și neînfricarea tinereții mă făceau imun la depresie... Ce însemnau șaizeci de ani: o eternitate și atât. După care putea veni rândul meu.

Eram tânăr și lipsit de cea mai elementară experiență a vieții – renunțasem la școală, din motive de conștiință și sănătate: cursurile de egotism aplicat mă îmbolnăveau de-a dreptul, ca și celelalte, și corpul meu revoltat dezvoltase o alergie rebelă față de orice formă de învăţătură. Către vârsta majoratului slăbeam văzând cu ochii, iar faţa mea căpătase o paloare uşor vineţie, ce îi făcea pe bieţii mei părinţi să îşi smulgă părul din cap de disperare şi neputinţă.

Într-un cuvânt eram sensibil, exagerat de sensibil pentru vremurile în care trăiam. Credeam însă în steaua mea; asta da, ca nimeni altul, şi eram hotărât să răzbesc, în pofida propriilor slăbiciuni. Astfel că mi-am revenit până la urmă (nu şi ai mei, din păcate: mama s-a stins ca o candelă rămasă fără untură, iar tata a urmat-o în curând, de bună voie şi fără regrete) şi, la data întâlnirii mele cu Julius, eram un tânăr sănătos şi plin de viaţă.

Parcă mă văd şi acum, stând tolănit pe verandă, în balansoarul meu favorit, sorbind cu paiul dintr-un *Elegant Martini* şi răsfoind, nu fără entuziasm, paginile de anunţuri mondene ale cotidianelor. Meschina moştenire ce-mi rămăsese îmi ajungea – calculasem – pentru trei luni şi opt zile de trai îndestulat, fără griji. După care trebuia să mă descurc prin propriile forţe. Un oarecare, aflat în locul meu, ar fi parcurs, febril, paginile cu oferte de muncă; nu şi eu, care aveam un scop în viaţă.

Participasem deja la două-trei „evenimente cultura-le", dintr-acelea unde bufetul, mai mult sau mai puţin generos, funcţionează ca un magnet pentru o sume-denie de gură-cască: ziarişti de doi bani, hămesiţi, agenţi publicitari de tot soiul, falşi fotografi (cu aparatul defect atârnat ostentativ de gât) şi alte janghine şi otrepe, fără talent, curaj şi noroc. Mă distingeam dintre ei precum uliul zvârlit în mijlocul porumbeilor, nu atât prin acuitatea în detectarea delicateselor și precizia cu care mi le apropriam, cât prin capacitatea de a îmi păstra cumpătul, de a filtra informațiile aleatorii ce zburătăceau printre cupele de șampanie și de a le transforma în atu-uri decisive pentru – încă, și nu pentru mult timp – umila mea persoană.

Savuram, prin urmare, acel cocktail, cu regret pentru rezerva mea de gin azuriu, pe cale de epuizare, când am dat peste următorul anunț. Sau poate că a dat el peste mine:

> *Vineri seara, de la ora 20:00 – dineu*
> *la reședința Vanderwilde.*
> *Accesul pe bază de invitație. Ținuta obligatorie.*

Știam deja – se înțelege – cine este Julius Vanderwilde, îl și zărisem de câteva ori, în treacăt și de la distanță, fără a avea ocazia de a mă apropia de el. Și nu îmi trecuse prin minte că destinul meu ar putea fi legat de persoana lui. Acum însă, citind anunțul, m-a trecut un fel de fior, adierea unei inspirații subite, genul acela de presimțire, de intuire a ce va să fie de care nu au parte decât geniile. Mi-am văzut pentru o clipă viitorul strălucit: puteam fi bogat, puteam fi puternic, puteam fi celebru, iar toate acestea îmi puteau oferi ocazia de a deveni un adevărat Filantrop. Urma să confer deplinătatea ultimă sensului acestui nobil cuvânt, surghiunit de politicienii noștri corupți în anexele prăfuite ale dicționarelor. Aveam să convertesc prin exemplul meu luminos mii și mii de egotiști insensibili și îmbuibați. Iar prostimea – alte milioane – avea să mă venereze, ca pe un binefăcător descins de-a dreptul din Cer. Exagerez un pic, doar pentru a ilustra cum se cuvine măreția acelui unic moment. Doar de mine depindea, de iscusința mea de *joueur*, de măiestria mea în manevrarea semenilor, ca visul vieții mele să devină realitate.

M-am strecurat fără efort printre sutele de invitați, am devorat câteva zeci de felii de baghetă unse cu unt și garnisite cu icre de Manciuria, le-am acompaniat cu jumătate de sticlă de *Iceberg Vodka*, după care, cu forțe noi și plin de încredere, m-am amestecat în mulțime. Cu un pic de noroc, sau poate cu ajutorul flerului meu înnăscut, m-am alăturat în curând unui cerc de tineri sclifosiți ce bârfeau pe diverse teme la modă. În scurtă vreme au început să îl toace și pe amfitrion, ridiculizându-l fiecare după pricepere și talent, ironia cu pretenții de finețe lăsând adesea locul poantelor grosiere.

Am ascultat cu atenție și am priceput că *era momentul și locul*. Timpul meu venise, și nu aveam să îl las să treacă – nu fără a-l stoarce de tot ce avea mai bun. Nefericiții aceia vorbeau liber, din ce în ce mai liber pe măsură ce venele lor plăpânde se îmbibau fatal cu alcool, fără vreo grijă cu privire la mine, intrusul cu aparență modestă și haine de închiriat ce le sorbea vorbele de pe buze și le săpa în mintea sa groapa. „Porumbeilor, veți trage din greu la carul meu triumfal. Iar apoi – credeți-mă pe cuvânt – veți fi delicioși perpeliți, cu o sticlă de rosé de Provence. *Mourvèdre, Cinsault, Grenache.*"

Fiecare om, chiar și cel mai blazat, are probabil un animal preferat. Pudelul, acvila, pantera neagră, ornitorincul... Lumea este plină de ciudați. Eu unul prefer viespea. O admir pentru răceala calculată cu care își plantează ouăle în trupul altor insecte, parazitându-le. Larva ei va crește săpând cu fălcile-i precise în măruntaiele gazdei stupide. Și nu va ieși la lumină înainte de a-i absorbi toate efluviile vitale. Asta numesc eu specie superioară.

Se înțelege că povestea de mai sus se aplică și la oameni. Puteți crede că este o pledoarie pro domo – și, în fond, de ce nu? – dar nu am cu adevărat respect decât pentru cei ce și-au croit un drum prin forțe proprii, cu inteligență și determinare, și au ieșit la lumină călcând pe cadavre, cu indiferența unui prădător înnăscut. Ce soi de gândire perversă m-ar putea face să simt milă față de nevolnicii care m-ar fi ucis cu plăcere, dar nu au fost în stare s-o facă, sau față de cretinul absolut care ar fi putut-o face oricând, dar nu i-a trecut prin cap? Și cum să nu privești cu mândrie în urmă – cu o mândrie calmă, reținută, suverană în cele din urmă – când drumul tău victorios a fost pavat cu leșurile odraslelor de familie bună, pentru care cândva nu valorai mai mult decât cea mai măruntă larvă de viespe?

Cu toată măiestria mea în a struni instrumentele limbii, trebuie să recunosc deschis că, după umila mea știință, nu s-au născocit cuvinte – ori împreunări ale acestora – care să poată descrie ura mea nesfârșită față de beizadele. Este, poate, suficient să arunc în treacăt că le-aș tăia fără a clipi beregățile, una câte una, tuturor băieților de bani gata, tuturor îmbuibaților făr'de griji care gonesc prin oraș cu 180 kilometri pe oră, care beau *scotch* vechi de 180 de ani, care se afișează cu supermodele de 180 centimetri... Fără a mai pune la socoteală și tocurile. Nu fac parte dintre nesimțiții, scopiți de simțul moral, ca și de acela al bătrânei și elementarei justiții, feciori de slugă din născare, lingăi, mediocri și lași, ce își acceptă în societate rolul de preș, gudurându-se pe lângă tălpile ce îi strivesc cu dispreț. Pentru mine,

Dați-mi voie să îmi trag răsuflarea. Nu mai am vârsta eroului acestei prețioase relatări. (Am fost eu, cândva? Mă povestesc, și aproape că nu mă mai recunosc. Dar să las nostalgia. Este consolarea rataților).

Pentru mine, ziceam, inechitatea socială este mai dureroasă decât o rană deschisă, presărată cu sare. Pur și simplu nu pot să concep (nu puteam să concep, pentru a reintra în atmosfera acelor zile de demult – a acelei zile miraculoase) ca eu, dotat cu atâtea calități, să lupt din greu spre a-mi face un loc în viață, în vreme ce alții – mulți dintre ei, imbecili – primesc orice vor, oricând vor, fără să miște un deget. Aș fi devenit, poate, comunist, dacă acest curent n-ar fi fost ca și necunoscut în țara noastră. Așa, m-am raliat Filantropilor, combătând alături de ei cu toată energia şi tot talentul de care dispuneam. M-am confundat, practic, la un moment dat, cu cauza lor, şi altruismul mi-a fost răsplătit. Aşa cum prea bine o ştiţi, astăzi cauza însăşi se confundă cu persoana mea.

Neobişnuit să pierd timpul, i-am lăsat pe nevolnicii şi fanfaronii aceia şi am pornit în căutarea lui Julius. L-am găsit într-un colţ îndepărtat al grădinii, stând singur la o măsuţă, cu câteva sticle goale de *Triple Karmeliet* în faţă şi privirea pierdută undeva în noapte. M-am aşezat neinvitat în faţa lui şi am deschis discuţia. Deşi vizibil jenat la început, vorbele mele i-au captat imediat interesul şi dialogul nostru a fost unul fructuos. Nu mi-a luat mai mult de jumătate de oră să îl cunosc – mai bine poate decât se cunoştea el însuşi.

Era zeelandez, dar sănătatea sa şubredă îl adusese încă din adolescenţă pe meleagurile noastre, vestite pentru aerul lor sănătos, pentru clima blândă, pentru izvoarele cu proprietăţi miraculoase. Părinţii îi muriseră – ca şi ai mei – lăsându-i – spre deosebire de ai mei – o avere fabuloasă, cu care nu prea ştia ce să facă. Aşa că o risipea cu largheţe, în petreceri fastuoase, în investiţii riscante, în pariuri dinainte pierdute. Nu şi pe femei: nu la plural...

Am trişat, recunosc. Toate astea le ştiam dinainte: doar nu eram nebun să vin la dineu fără să mă documentez. De vorbit am vorbit eu: despre mine, şi încă foarte bine.

Ce am aflat însă în acea jumătate de oră a fost că Julius avea toate datele să fie *omul meu*. În ciuda inteligenței sale evidente, și a educației alese, îl puteam manevra după voie. Intelectul, bogăția, eleganța nu îi erau întrecute decât de colosala naivitate.

La rândul lui, se pare că m-a plăcut:

„František, îmi pari un băiat de ispravă. Te pricepi grozav să citești firea oamenilor. Ce-ai zice dacă ți-aș propune să lucrezi pentru mine?"

Așa am ajuns consilierul său personal, om de încredere cu alte cuvinte și, în scurtă vreme, singurul în care avea totală încredere. Îi spuneam, cu onestitate, ce credeam despre apropiații săi ori despre cei ce încercau să îi intre în grații, iar el îi îndepărta cu entuziasm. La fel, se apropia doar de aceia recomandați de mine. Ce să mai, eram pe val.

Am devenit, într-adevăr, omul său de încredere, dar nu i-am iertat niciodată ușurința cu care îmi uita numele, de la o zi la alta. Sau dificultatea de a-l reține – sincer, nu văd care ar fi diferența:

„Salve, Dagobert, pe cine am zis că invităm diseară? Miniștrii de finanțe? Ce plictiseală!"

„Hei, Vsevolod, fă-mi rost de un butoi de *Chartreuse*. O cisternă! Dintr-aia verde, se înțelege. Nu cisterna, mocofane... Până vineri, ce vorbă e asta?"

„Arpad, prietene, ce cotă are *Avântul* să bată pe Barcelona? Pune câteva milioane, acolo, să fie... Câte crezi de cuviință, jupâne, știi că detaliile astea mă plictisesc."

„Ionele dragă, ai cunoscut-o cumva pe magnifica mea muză? Michelle, *ecce* Ioneluș!"

Evident, o cunoscusem deja pe Michelle, cu câteva săptămâni în urmă, într-o seară tumultuoasă ce avea să se încheie cu memorabila replică:

„Și acum dispari, amărâtule. Nu vreau să te mai văd în patul meu."

Așa că de atunci o înghesuiam în debara, în garaj, în șopron... ori de câte ori îi făceam vreo vizită în lipsa magnatului pămpălău... Și nu au fost puține astfel de „vizite de lucru".

De ce am făcut-o? De ce am continuat? Nu din amor, nici din atracție carnală, asta este sigur. Imaginați-vă o combinație de Monica Vitti și Patricia Kaas, ambele brunete... și nu veți avea nevoie de lămuriri suplimentare. Nici măcar din interes: când am cunoscut-o, îl jucam deja pe Julius cum voiam. Și atunci?

Pot recunoaște, fără cea mai mică umbră de jenă: sunt un om invidios; am fost așa de când mă știu și e, desigur, prea târziu să mă schimb. Nici măcar nu cred că ar fi un defect major: compensez din plin cu filantropia. Așadar, pe cine invidiez iremediabil: pe Julien Sorell (pentru superba hawaiiană cu care și-a petrecut o noapte la motelul Curaçao), pe Jordi Aguilera (pentru misterioasa-i dispariție, ce i-a adus o nemeritată celebritate), pe Aldebaran Ionescu (pentru nume, evident), pe Bartolomeo Castiglione (pentru cel ce i-a fost oaspete vreme de o settimană), pe Tamás Miklós (pentru calitățile sale înnăscute de ofițer), pe Erwin Wittstock (pentru panoramă)... și or mai fi vreo doi sau trei.

Niciodată nu l-am invidiat însă pe Julius Vanderwilde pentru imensa lui avere. Nici pentru căloasa de Michelle. Cu atât mai puțin pentru anturaj și relații. Pe toate i le-am luat pe rând, după voie, când am avut poftă și când mi-a picat mai bine. Când le-a venit rândul în planul cu migală țesut...

Ce ar mai rămâne? Ascendența. Recunosc, pentru o scurtă perioadă, la început, eram iritat la culme de *pedigris-ul* său imaculat de potaie de rasă, de „familie bună", de arborele său genealogic plin cu mere de aur... Până ce am aflat câte parale făcea la pat. „Decât un baron pufos ca un burete, mai bine un neam-prost de castravete", trebuie să-și fi spus Michelle pe atunci... Și îi sunt – i-am și fost, în felul meu – recunoscător pentru a mă fi eliberat de ultimul complex... Eram de-acum masculul superior la toate capitolele, și fiecare prestație a castravetelui de neam-prost era o treaptă spre Încoronare.

Spoiler alert, știu... Ca povestitor debutant ce mă aflu, v-am dezvăluit deja urmarea, într-un moment de neatenție potențial devastator... Ca politician hârșâit de-o viață însă, mă voi adapta din mers situației, mărind „ștrocul" relatării și repurtând o nouă victorie într-un șir practic imaculat... *All I know is win, win, win.*

Pe scurt deci, l-am pândit pe Marele Leneș ca un jaguar înțelept, suplu și agil, cu răbdare, cu rigoare, cu foamea în gât bine strunită... Impecabil, imperial, ireversibil. Nu m-am abătut nici cu un micron de la scenariul prestabilit, nu m-am lăsat influențat nici de ură, nici de lăcomie, nici măcar de frumoasa prietenie ce se înfiripa încet-încet între noi. În mintea lui...

Trei ani mi-au fost de ajuns să identific sursele bunăstării sale absurde, ale luxului său deșănțat, să recanalizez o parte dintre ele către propriile mele conturi – desigur, anonime, să îi încurajez tendința spre huzur, spre risipă, falsificând facturi și chitanțe, organizând pe banii lui recepții în numele meu, cumpărându-mi astfel faimă, respect, influență. Prieteni, uși deschise, bunăvoință, afaceri. Și era abia începutul: douăzeci de ani mai târziu contabilizam câteva Alianțe, nenumărați vasali, un Imperiu și o Legendă.

Revenind la trei ani de la întâlnirea noastră, Julius era stors, tapat, distrus, terminat. Practic, nu mai avea niciun sfanț; mai mult, era dator-vândut. Și partea cea mai frumoasă e că dobitocul n-avea habar. Mi-a revenit plăcerea de a-i aduce la cunoștință starea reală a finanțelor sale... și nu numai.

Îmi amintesc că ploua în seara aceea; ploua serios, așezat. Când Julius mi-a deschis ușa, plăcut surprins de vizită, i-am întins pardesiul ud și umbrela, ca unui valet.

Doream să îl scot din sărite, ceea ce nu era ușor, așa că m-am înfipt în barul lui bine garnisit și am început prin a șprițui un *Sauternes* vechi de vreo treizeci de ani, într-un pahar vulgar, destinat, în cel mai bun caz, consumului de *Aqua chiara*. A căscat ochii ca un... companion al lui *Apis* – ca să nu-i știrbesc caracterul aristocratic. Profitând de buimăceala sa, nu i-am lăsat timp să deschidă gura și l-am invitat solemn la ceremonia logodnei mele cu Michelle.

„Ce... ce... ce lllogodnă?" bâigui huiduma.

„Chiar așa, ce logodnă?" mă întrebam și eu, amuzat, în timp ce îl informam sumar asupra datei și locului, scrutându-l cu studiată inocență. După care, fără tranziție, i-am oferit un post de portar la una dintre firmele sale. Pardon, ale mele.

Ce s-a întâmplat în continuare a fost aproape prea jenant pentru a fi redat. Până și eu, care de la puține m-am abținut la viața mea, de data asta voi păstra maximum de discreție. Deși în minte îmi stăruie, obsesiv, amalgamul de zbierete, bocete, scâncete, horcăituri, toate nedemne de un bărbat... Să admitem, cu mărinimia învingătorilor, că de vină a fost șocul încasat în plin, amplificat de magnitudinea surprizei. *Upper-cut*-ul măiastru administrat de *yours truly*... L-ați văzut pe Tyson, căzând în fața lui Douglas? N-ați văzut nimic.

În mintea lui, cum spuneam, relația noastră era una de prietenie, poate chiar mai mult, de camaraderie. De parcă așa ceva ar fi fost posibil... Julius și Cum-îl-Cheamă, Lordul și John, Prințul și Cerșetorul, Robinson și Vineri, Stăpânul și Sluga, Norocosul și Amărâtul... *Jamais, jamais, jamais.*

I-am zis-o și pe asta (partea cu *jamais*), l-am salutat șăgalnic („Te pupă František") și l-am lăsat cu ochii lui bovini mai mari și mai tâmpi ca oricând.

A doua zi, a intrat împleticindu-se în biroul meu. Pasămite, pricepuse cum stau lucrurile. Spre cinstea lui, a avut bărbăția să refuze postul de portar. Spre rușinea lui însă, a izbucnit în lacrimi și s-a rugat de mine să i-o las pe Michelle. Am avut astfel ocazia de a mă arăta mărinimos: am sunat-o de față cu el și am rupt „logodna", fără menajamente. Biata târâtură, părea disperată, dar ce era să fac eu cu ea? Julius o putea păstra... oricum avea să îl părăsească nu mult după aceea; femeile de felul ei (mai pe scurt – femeile) nu stau cu ratații. Doar dacă și-au propus să îi îngroape și mai adânc...

Odată asigurată baza financiară, m-am întors la preocuparea mea din junețe: politica. Poarta spre ceilalți, cum îmi place mie să spun. Trăiam vremuri rușinoase, uitate astăzi din fericire, și mă bucur că am putut contribui la schimbare. Capii PF făceau jocul PE, lăsându-se manevrați zi de zi în dauna alegătorilor. O rușine...

Am decis în mod pragmatic să nu încerc să îi schimb, ci să speculez la maximum firea lor păcătoasă... Ce vină aveam eu că oamenii ăștia erau coruptibili? Și cum să nu profit de slăbiciunile lor pentru a-mi spori puterea? Doar o făceam spre binele general.

Așa că am cumpărat vice-președinția, apoi președinția partidului; deja se simțea măreția în aer... În scurt timp am redat demnitatea PF și am negociat reintrarea la putere după atâta secetă cât nici un partid nu poate să ducă... Noi am dus, și am învins. Nu subestimați niciodată forța empatiei.

Tocmai se împărțea bugetul și egotiștii, plini de ei desigur, ne-au oferit cu dispreț 15%. Am acceptat imediat, lăsându-le impresia că sunt la fel de slab ca și înaintașii mei. Anul următor am cerut 20 de procente, și ni le-au dat, iar peste doi ani, 25. Timp în care am trecut sistematic la demolarea lor, cu banii de ei furnizați.

Le-am sedus soțiile, fiicele, le-am plasat prostituate în pat și i-am filmat, le-am corupt copiii la droguri și jocuri de noroc. Orice a trebuit pentru a-i șubrezi, a-i frăgezi și în cele din urmă a-i înghiți de vii.

Pentru că nu îmi ajungea PF-ul. Decenii de înfrângeri umilitoare ale Bătrânilor Filantropi, bieți idealiști lipsiți de orizont, îmi arătau că nimic nu mișca în țara noastră fără PE. Aveam nevoie de banii lor, de sediile lor, de oamenii de influență din teritoriu, și o necesitate autentică se cere satisfăcută. Aș zice că a fost un caz de manual de preluare ostilă...

Când am considerat că îi fezandasem cum se cuvine pe egotiști, am lansat „pe piață" ideea Marii Fuziuni. A fost haos preț de câteva zile – nimeni nu se mai gândise la asta. După care proiectul a început să câștige teren. Unii – cei neinformați – au crezut că în felul ăsta PE-ul va înghiți PF-ul, și nu invers. Ceilalți lucrau deja pentru mine. Mai rămânea unul singur...

La momentul votului decisiv, Comitetul Director Suprem al PE a votat „pentru" cu nouă voturi din zece. Al zecelea, din păcate, avea drept de veto. Președintele PE, un boșorog ridicol, depășit, refuza cu îndărătnicie să *vadă* viitorul, să înțeleagă, să colaboreze pentru binele nației. Într-o întâlnire privată, în cabinetul său de lucru, câteva zile mai târziu, Moș-Tăgârță m-a făcut în sfârșit să înțeleg că viziunile noastre erau ireconciliabile.

„Mă F în PP-ul vostru!" a fost mesajul lui jignitor, nemeritat, senil; incorect până la urmă.

Privind retrospectiv, aș fi putut delega unuia dintre aghiotanții mei îndeplinirea formalităților ce au urmat. Dar atunci am preferat să mă ocup personal, ca să se știe exact ce și cum. Și chiar nu regret nimic, vorba curvei de mahala.

Cu tactul caracteristic unui *gentleman* și cu respectul cuvenit vârstei, l-am atenționat asupra confuziei referitoare la inițiale. După care l-am apucat afectuos de ceafă, ca pe un pisoi, și l-am izbit în mod repetat cu mufa de birou, în fața consilierilor săi personali, până a revenit la sentimente mai bune și a semnat. Practic, i-am făcut un bine – l-am eliberat de egotism. Să fi văzut cum îi țâșnea pe nas: valuri-valuri... o minune.

Să mă iertați dacă mă trece un dulce fior amintindu-mi de acele vremuri eroice și nu-mi pot reprima o lacrimă solitară. Dintre toate defectele mele – și recunosc că am câteva – sentimentalismul e fără doar și poate cel mai greu de strunit.

Revenind, pusesem deja ordine în finanțele personale și în viața politică. Îmi mai lipsea, pentru a mă simți cu adevărat complet, dimensiunea spirituală. Mistică, dacă preferați. Fiind obligat, de la o vreme, de conveniențele societății, să frecventez bisericile, am ajuns să reconsider ateismul violent, primitiv ce mi-a străjuit tinerețile. Am devenit, spre stupoarea unora, nefamiliarizați cu meandrele inerente vieții Marilor Caractere, un model de cucernicie, un intim al Patriarhului și principalul său partener în afaceri. Și cine face afaceri sub Înaltă Protecție nu va prididi cu număratul banilor.

Ce ar mai fi de spus? Vreți să știți ce s-a ales de Julius? E și asta o poveste... destul de interesantă aș zice, pentru unii cu siguranţă surprinzătoare; voi avea poate ocazia să o spun cândva.

Ajuns la maturitate deplină, în pragul vârstei de aur, nu mă mai preocupă decât bunăstarea semenilor mei, sau măcar buna lor dispoziţie. Cum economia naţională nu dă semne însă că ar intenţiona să mă ajute, şi cum nu am din păcate talent de *stand-up comedian*, am de gând să cumpăr o echipă de fotbal – cea mai iubită dintre toate – iar pentru a mă asigura că nu îşi va dezamăgi milioanele de suporteri, voi cumpăra la pachet şi comisia de arbitri. Poate şi o casă de pariuri... Voi continua, până în ultima clipă, să aduc mulţumire în sufletele şi pe chipurile oamenilor. Aşa să îmi ajute Cel-de-Sus. Pentru că nimeni nu o poate face mai bine decât mine.

Poveste fără cap și fără coadă

și atunci m-am întors cu fața către el. Albrecht avea fața tumefiată, iar din găvanele-i goale ieșeau în zbor lilieci. Am luat-o la goană, cât de tare puteam, dar nu știu cum se face că nu avansam deloc. Mai rău, dădeam înapoi, absorbit ca de un mælstrom...

- Scuză-mă. Ai spus mælstrom?

- Da. De ce?

- Curios. Nu am mai auzit de mult cuvântul acesta. De fapt, nici nu cred că l-am auzit vreodată rostit; l-am citit, probabil, în copilărie, într-o carte de aventuri. Nici nu eram sigur cum se pronunță. Iartă-mă, poți continua.

- Nu mai știu exact ce s-a întâmplat, dar mătușile mele erau extrem de furioase. Parcă nimerisem într-un viespar. Unde este unchiul Albrecht? Unde este unchiul Albrecht? țipau care mai de care.

- Bertram.

- Poftim?

- Bertram.

- Nu înțeleg.

- Nu-i nimic. Continuă.

- Unde rămăsesem?

- Nu mai știi?

- Ba da. La cimitir. Era ceață și burnița. O vreme cu adevărat infectă. O căutam în continuare pe Susanne.

- Și ea, nicăieri.

- De unde știi?

- Te-am citat: „Și Susanne, nicăieri." Așa spui mereu.

- Da? nu am observat. Într-adevăr, nu era de găsit. Și, lucru de mirare, mașinile negre ale poliției, gătite de nuntă, cu ghirlande de flori...

- Sau de înmormântare.

- Nu, sunt sigur de asta. De nuntă. Împânziseră aleile cimitirului, ba o luaseră și peste morminte, răsturnând lespezi și cruci. În deruta generală, m-am repliat într-o cafenea întunecoasă. La masa din colț stăteau doi bărboși – puneau țara la cale. I-am recunoscut și m-am alăturat lor. În scurtă vreme, după câteva pahare de schnapps și niște beri, m-am oferit să ajut la redactarea Manifestului.

- Să nu îmi spui că erau chiar...

- Ba da, ei erau. Jucau șah cu piese din gumă de mestecat. Strawberry și Peppermint. Nu mai știu cine a câștigat. De fapt, am ieșit înainte de sfârșitul partidei. Prin ușa din dos, ce dădea în mahalaua Juliților. De acolo m-am îndreptat spre stadionul de fotbal, unde rula un film nou, cu Marylin goală pe afiș. Nu m-au primit, din păcate: aveam pantofii murdari...

Sunetul strident al ceasului rupse vraja, ca de obicei. J. se ridică, mai întâi în șezut și apoi în picioare, își puse haina și ieși din cameră, fără să își ia rămas bun.

De partea cealaltă a ușii, Clara se așezase într-o poziție provocatoare, picior peste picior, cu pulpele-i cărnoase expuse de minijupă, și părea, ca de obicei, dispusă la flirt.

- Ah, domnule J., ați observat ce devreme au înflorit anul ăsta zambilele? Nu găsiți că sunt adorabile?

- Nu, nu găsesc, i-o tăie J., care ar fi dat orice pentru o noapte de amor cu Clara („Și-o trage oare cu Aloysius? Cred că da. Ce a făcut imbecilul ăla ca să o merite?"). Cred că florile sunt stupide, iar discuțiile despre ele – o culme a plictiselii. Și acum, vă rog să mă scuzați. Am o întâlnire extrem de importantă, cu o doamnă din înalta societate. Punem la cale o acțiune...

- Mult succes, zâmbi fâșneața, și i-o luă înainte, conducându-l spre ușă cu unduiri provocatoare.

Afară lumina zilei scădea. J. privi în gol după un tramvai ce se îndepărta, inexorabil. Nu mirosea deloc a zambile, mai degrabă a fiertură de oase și polistiren expandat. Izul obișnuit al orașului. „Of, ce mizerie", suspină J., și o luă ușurel la picior.»

- Îmi pare rău, spuse Walter, și pe fața sa nobilă se putea citi regretul sincer pentru cuvintele aspre pe care avea să le rostească. Îmi pare rău, dar nu îmi place deloc. „Fiertură de oase și polistiren expandat"? „O luă ușurel la picior"? Pffff... curat mizerie, iartă-mi ironia. Povestirea ta nu are nici o noimă. Nici vorbă să o publicăm în *Elanul*.

Jonas își stăpâni o grimasă de nemulțumire și dădu din cap arătând înțelegere, cu maximum de politețe și bună-creștere. Înțelegere față de ce? Față de propriul eșec? Față de gusturile de gospodină analfabetă ale lui Walter? „Ce dobitoc!"

- Sunt sigur că vei scrie și lucruri mai bune, așa cum ai mai făcut-o, și atunci te vom publica, îl consolă dobitocul. Nu îți pierde nădejdea. Și nu uita că este important să scrii mereu, să exersezi, dar că, în același timp, nu poți scrie chiar tot ce îți trece prin cap. Nu poți pretinde ca toate elucubrațiile să se bucure de interesul semenilor tăi. Gândește-te – aici cretinul de Walter făcu o pauză, ca pentru a găsi formularea cea mai potrivită – gândește-te că oamenii ăstia, prezumtivii tăi cititori, sunt extrem de ocupați și au o groază de lucruri mai bune de făcut decât să îți acorde atenție. Și de aceea trebuie să înveți cum să le-o captezi.

- Așa voi face, zise Jonas servil, și îl înjură pe Walter în gând. Apoi și pe sine. Mă duc chiar acum să reflectez la ce mi-ai spus.

- Prea bine. Îți urez succes. Te aștept, cât de curând, cu o povestire cu adevărat interesantă.

În drum spre casă, Jonas cumpără „Observatorul", pe care îl răsfoi, fără chef, în autobuz. Află că în dimineața aceea cancelarul fusese operat de prostată. Mezelurile se scumpiseră. Fusese inventat un nou tip de tramvai, ultra-performant. Iranul și Irakul făcuseră pace (sau începuseră un nou război? sau îl continuau pe cel vechi? lui Jonas nu îi era clar). Delfinii din Marea Neagră se înjumătățiseră, față de ultimul recensământ. Miss World dăduse un interviu în care își exprima speranța... Jonas realiză că toate fleacurile astea îl lăsau complet rece. „Nu s-au străduit suficient să îmi capteze atenția. Ah, dacă ar fi scris despre sânii Clarei..."

Clara nu exista decât în mintea sa, dar acolo era mai vie decât toată armata Iranului, trimisă la moarte nu se știe de ce. Atât de vie încât... Dar despre lucrurile astea nu se poate scrie.

Ajuns acasă, Jonas se așeză în fotoliu, cu spatele la fereastră, și deschise o sticlă de *Brigand*. Nu era preferata sa, era însă la îndemână, iar acum asta conta. Și după câteva înghițituri își zise că era chiar mai bună decât își amintea. „Câteva butelcuțe dintr-astea m-ar putea face să tânjesc din nou după Hertha". Sfrijita de nevastă-sa, cea mai enervantă și mai cicălitoare dintre femei. Ex-nevastă-sa, în fine, de când fugise la Antwerpen cu o matahală de pictor, Pieter și nu mai știu cum.

„Cât de beat să fiu să mă gândesc la Hertha când o am pe Clara? În fine, nu o am nici pe ea, dar măcar îmi e fidelă, în absența ei fatală. Și apoi, e atât de frumoasă!"

Draga de Clara, unduitoarea, planturoasa, amăgitoarea Clara. Ceva din silueta, sau poate din atitudinea ei, i-o amintea pe Marilyn Monroe, pentru care Jonas avea un adevărat cult. Nu într-atât încât să umple pereții dormitorului cu pozele ei, dar orișicât. Quintesență de femeie, fărâmă de înger, părere de diavol, îl ademenea de fiecare dată până în pragul beatitudinii, apoi îl fenta cu o eschivă măiastră, lăsându-l pradă celei mai frustrante deziluzii erotice.

Scuturându-se de gândurile-i nu tocmai curate, Jonas mai cotrobăi prin frigider, unde găsi în cele din urmă un *Delirium Nocturnum*. Ce putea fi mai potrivit acum, când înserarea invita la odihnă? Și la coșmar. Lui Jonas nu îi erau străine cuvintele lui Malraux, cum că scriitorul secretă o echivocă adorație de sine – strunită de o egală insatisfacție. Și totuși se apucă, pentru a zecea oară, să își citească ultima povestire, intitulată, nepretențios:

O nouă zi de rahat

Iritarea îl stăpânea pe J. de câteva ore bune, încă de la trezire. Pesemne visase urât sau poate, cine știe, îi căzuse ceva greu. Ce mâncase oare cu o zi înainte? Ochiuri dimineața, apoi ronțăituri, la prânz ca de obicei, cârnați cu vărzică din plin, mai târziu nelipsita ciocolată caldă iar pe seară un rosbif sănătos, cartofiori cât cuprinde, murături și înghețată. Șase-șapte berici de-a lungul zilei, delicioase toate, nimic ieșit din comun. La culcare un schnapps-două, de somnifer... Altceva trebuia să fie.

Pentru a-și intra în ritm, J. hotărî să își scoată suta de kile (și jumătate aproape) la plimbare, pe bulevard.

(Aici, pe cale de a fi răpus de oboseală, și simțind trecându-i peste frunte primele adieri ale somnului, Jonas sări peste vreo două pagini de descrieri – nu din cale afară de inspirate – și de considerațiuni – mai degrabă plicticoase, direct la pasajul său preferat:)

Două ore mai târziu, în loc de siestă, se lăfăia întins pe canapeaua lui Aloysius, reconstituind, fără prea mare chef, visul de noaptea trecută. Asta după ce trecuse repezit şi distant pe lângă o Clară absolut ravisantă. Cu trei degete de fustă, decolteu generos; fără sutien, desigur... în fine, Clara.

- ...ăăăh ...

- Ce este? îl întrebă „maestrul", pe jumătate plictisit, pe jumătate amuzat. Iar ai uitat continuarea? Sau e prea licenţioasă şi te ruşinezi?

- Păi, nu... îmi căutam cuvintele.

- Nu le mai căuta. Zi cum îţi vine.

- Ăăh, cred că Susanne şi cu mine făcusem nişte chestii... deh... mă rog... se înţelege. Doar că ea... nu ştiu cum naiba, dar... nu era acolo. Hmmm... Nu mă laud, însă o posedam copios, din mai multe poziţii simultan, ceva de poveste... numai că ea, ia-o de unde nu-i. Ce chestie... Chiar nu îmi explic.

- Nici nu e nevoie. Zi mai departe.

- Cred că după aceea am călătorit în Australia. Trei staţii de metrou, şi încă zece minute pe jos. Ploua mărunt şi nu aveam umbrelă. M-am aşezat cuminte la o coadă, nu ştiu ce se dădea acolo. O babă m-a certat că nu purtam cravată. De fapt, nu purtam nimic. Hmmm, asta nu se face... Oare venisem aşa cu metroul? Nu observasem. Sau poate mă dezbrăcasem apoi? Ori poate aşa mă născusem? Purtasem vreodată ceva? Eram în ceaţă complet.

- Aşa, asta e tot?

- Nu, nici vorbă, cum să fie tot. Am dat la pedale mai tare şi am prins viteză... Deja zburam deasupra oraşului. Nimic nu mă putea atinge... Oh, ce senzaţie minunată. Stai aşa!

- Cine, eu?

- Nu, eu. Brusc, m-am trezit. La mine în pat, cu un ceaun imens de cartofi prăjiți. Eram din nou slăbănog, ca în facultate, și puteam mânca oricâți cartofi. Paradisul.

- Cartofi prăjiți? Paradisul?

- Nu mă întrerupe, să nu uit. E important. Se transmitea un meci la radio; color, ca pe vremuri. Zero la zero. Un câine ud se împleticea printre picioarele jucătorilor. Am fentat scurt și am șutat necruțător. Eram vedeta echipei, conducătorul de joc, toată lumea conta pe mine. Susanne îmi spusese clar: vezi, ai grijă cum șutezi. Să nu uiți să cumperi cartofi.

- Iar Susanne? Iar cartofi?

- Și așa s-a terminat meciul. Am continuat cu un piept de rață și o sticlă de Merlot. Afară era iureș mare, huruiau deltaplanele... Un elefant gonea pe stradă, prin dreptul ferestrei. Sincer, îmi cam ajunsese; mi-a sărit până la urmă țandăra. Pisălogul de unchi-miu era de vină, mă tot dojenea aiurea, cu vocea enervant-pițigăiată a lui Wolf Blitzer (pesemne lăsasem TV-ul deschis): că nu mă țin de școală, că nu mă însor cu Susanne, că nu știu să curăț cartofi... Nu mă întrerupe. Cum am zis, nu mai puteam. Pisălogul continua să bată câmpii, șuierând incontinent, și atunci m-am întors

Despre moda femelină în vremea Principatului

exemplu de abordare consecvent asimetrică a sociofenomenelor noncronologice

AVE, AVE ȘI IAR AVE! În fața voastră Mi-s; în fața mea... să presupunem că sunteți. Să sperăm că veți fi. Onoarea pe care cu larghețe v-o fac vorbindu-vă în seara asta, biciuindu-vă cu epitetele mele, deschizându-vă cu ranga noi și noi orizonturi, pe scurt scuturându-vă, regulându-vă, zăpăcindu-vă, își găsește meritatul corespondent în stupoarea contrariat-măgulită ce se citește pe fețele voastre. Tocilari și chiulangii, leneși, distruși și cheflii, șmecherași și pămpălăi, imbecili și prostălăi – cine ar fi crezut că încăpeți cu toții în același Amfiteatru?

(scurtă pauză de efect)

Silentium, extrabipedelor! Alegoria Lumii sunteți – nici mai stupizi, nici mai mintoși decât media semenilor voștri. Am zis. Lepădați-vă obișnuințele cotidianhabitudinale, lăsați deoparte iluziile, abandonați-vă complexele. Repudiați „inteligența" auto-asumată și îmbrățișați-vă Sfânta și Certa Prostie. Vă conjur, demonstrați-mi că meritați să respirăm același aer... Încetați a mă mai urmări cu ochii și urechile, suspendați-vă submediocrele funcții cognitive, nu mai aruncați cu bilețele prin sală!

(pauză de dres vocea; o înghițitură de apă)

Căscați larg pineala, deci, și să trecem la treabă.

(lungă pauză cumpănitor-preparativă)

Femelele... Moda lor... Principatul... Așa-zisa plasare în Timp... Câte enigme, tot atâtea invitații... A existat vreodată subiect mai pasionant? Va mai fi? E acum? Acum nu e, asta o știm sigur; de-aș fi ales alt subiect, ar fi fost. Sper că nu se îndoiește cineva că aș fi putut trata cu aceeași competență orice altă perioadă, orice alte moravuri, orice alt gen etc. Am ales Principatul însă și moda femelină – de ce, nu vă privește – așa că despre asta voi vorbi.

(încă o înghițitură de apă)

Înainte de a trata preocuparea obsesivă pentru modă a sexului slab, zis și frumos, subiect de nesfârșite și încă mai nesărate glume, mult gustate în epoci apuse ca și în cele aparținând, orice o fi vrând să însemne aceasta, indefinitului prezent, trebuiesc trecute în revistă, fie și în treacăt și fără vreo pretenție de acoperire exhaustivă, șepcile, helăncile, bretelele și papioanele cu care se încotoșmănau reprezentanții sexului gros – pardon, gras,

(micro-pauză pentru hăhăielile de rigoare, făcut cu ochiul, gesturi obscene, ghionturi cu coatele.)

zis și hidos.

(pauză propriu-zisă; inspirat adânc, expirat)

Ei bine, spre deosebire de femele, masculii din timpul acela (pe care doar gramatica noastră absurdă, paseistă și cronofilă ne obligă prin formele sale împietrite să îl situăm în trecut; dar vom reveni asupra acestui aspect) uzau o multitudine de ținute, în funcție de casta ori breasla din care făceau parte.

După cum știe până și un țânc de 15^3 zile, în fruntea Principatului se aflau, în ordine crescătoare, trei hiper-ultra-masculi: Principele, Principalul și Principiul. Primul (adică al treilea ca importanță) se purta, hieratic, cu koroană de spini, lanțuri multiple de uraniu îmbogățit și, peste toate, hlamidă de vârț. Secundul (cel de al doilea, firește) umbla înveșmântat în piei argăsite, nu demult smulse de pe animale de casă. Al treilea, în fine, adică Principiul, întâiul în toate trebile țării, trebuia să dea exemplu de modestie și cumpătare, astfel că mima sărăcia: pe el nu puteai vedea decât cârpe jalnice, de culori îndoielnice și obligatoriu rău-mirositoare, lepădate după lungă purtare de scursurile plebei (vom ajunge și acolo). Modestia era însă aparență pură, goală de orice conținut; Principiul avea o garderobă ce se întindea cât trei palate, garnisită cu zeci, poate sute de mii de astfel de zdrențe puturoase, aruncate cu scârbă de sărăntoci. Astfel își afirma el, *underground*, dezgustul real față de supușii săi: dând valoare lucrurilor disprețuite de ei.

(pauză de scărpinat în creștetul capului; eventual, scobit în nas)

Imediat după cei trei, în ierarhia Principatului veneau ciorapnicii șefi. Rolul lor solemn le impunea portul pot-capelor largi, albăstrii, și al unui șnur cu ciucuri imenși strâns în jurul taliei. Aceștia erau urmați (șefii ciorapnici, nu ciucurii) de ambasadori, a căror ținută varia de la anotimp la anotimp, cu diferențe insesizabile.

Chauffeurii palatelor principiale purtau ghetrine și vergi, însoțite de evantaie asortate. Masseurii purtau și ei evantaie, doar de la genunchi în jos, și paltoane din resturi de capră.

Ministrelii Gubernământului – a căror sarcină de administratori ai feliilor tematice ale societății era dublată de aceea de a cânta pe la nunți, precum și sub balcoanele divelor (înțelegeți ce doriți de aici) – se distingeau prin fularele lor bicolore, ce nu permiteau confuzia cu tutungiii (fulare tricolore) ori hingherii (multicolore).

(a treia înghițitură de apă; fără grabă)

Vestimentația dulgherilor și a veterinarilor era aproape identică și se compunea din fustă scurtă, cizme înalte și lanțuri de aur. Diferența consta în nara de care atârnau lanțurile (cea stângă, în cazul dulgherilor). Viticultorii se asemănau și ei cu oierii, cu excepția notabilă a tricornului.

Nădragi din breb purtau doar portăreii, iar angajații de la metrou ochelari de soare cu glugă maro. Sfetnicii municipali și comunali purtau ciorapi în dungi transversale, cămașă cu guler atașabil, cercei cu safir și cagulă. Ostașii Principatului purtau sandale cu aerisire opțională și corset de chitină, iar capii lor și căciulă. Capul cel mare al oștirii purta cea mai mare căciulă.

Responsabilul cu genocidul purta perucă, sodomizatorii – bluze lălâi și bocanci, desfiguratorii – eșarfe uni, iar refiguratorii – halate de baie cu numeroase buzunare plasate la interior.

(scurtă pauză de trecere)

Purta, purtau... Gramatica, așa cum spuneam, ne e atât de săracă; suntem împinși involuntar la erezie.

„Timpul are existență de sine stătătoare, este măsurabil, curge linear și ireversibil" *Bollocks!* Sunteți conștienți, desigur, de limitele cronologiei, sau ar trebui să fiți... După cele mai recente studii* (sau cele mai vechi, în funcție de punctul de referință ales), curgerea timpului (atunci când curge) nu este nici univocă, nici ireversibilă, nici unică, nici constantă și nici măcar sigură, așa cum am dat deja de înțeles. Afirmația: „Iyllfför i-a urmat lui Beftrekensmyddelpruitt la conducerea băcăniei din colț" poate fi valabilă și invers, ca și în alte succesiuni imaginabile, ori în lipsa lor.

(pauză de savurare a recentelor delicii; clătinat din cap mulțumit-aprobator)

* Din simplă și autentică modestie, se înțelege, păstrez tăcerea asupra autorului pomenitelor studii. Asumându-mi riscul de a fi singurul ce gândește în acest fel, cred cu deplină convingere dată atât de experiența de viață cât și de formația mea intelectuală și profesională, că discreția, mergând până la autoanihilarea propriei persoane presupusă de sacrificiul suprem al anonimatului însoțește întotdeauna, ca o adevărată aură etică, opera marilor spirite, a creatorilor de valori esențiale. Pentru a-mi da dreptate este îndeajuns – nu-i așa? – să vă amintesc despre felul în care urmează să procedeze artiștii medievali, în viziunea cărora gloria este menită să aparțină lucrării, iar nu omului ce s-a nimerit să îi dea formă.

(scurtă pauză de trecere)

Am promis că ajungem și la prostime. Mare lucru n-ar fi de spus aici. Plebea, talpa țării, sărăcimea, populația pauperă de la orașe și sate, coada cozii, cei umili, cei mulți și proști, masele de manevră, coate-goale, amărâții, mahalagiii, carnea de tun, pulimea, analfabeții, dezmoșteniții soartei, nevoiașii, flămânzii, nenorociții cu alte cuvinte, pleava societății, stârpiturile, mujicii, zdrențăroșii nu erau deloc zdrențăroși. Poate doar în sensul propriu al cuvântului. Regulile nescrise ce guvernau lumea lor mizerabilă le impuneau masculilor lipsiți de venituri să se îmbrace simplu și cu decență. Purtau straie ieftine, de calitate inferioară, menite a se destrăma repede, însă faptul că după ce le aruncau la gunoi, împuțite și hărtănite, erau culese cu grijă pentru a fi depuse în Garderobele Principiale, le conferea marțafoilor un simț aparte al demnității de clasă, comparabil cu acela al gloatei votante în regimu-rile de tip democratic.

(ultima înghițitură de apă; pauză preparatorie)

Trecând de acum la subiectul propriu-zis al prelegerii noastre, vom dezvălui, cu o sesizabilă iritare în glas, provocată fără urmă de îndoială de spiritul redus și rudimentar, meschin și lipsit de imaginație al modei femeline din presupusul prezent – contemporan cu mine și cu voi, adormiților – faptul că, după milenii de evoluție (sau înaintea lor etc. etc.), femelele Principatului au ajuns (vor ajunge, *whatever*) la o culme de nedepășit a rafinamentului vestimentar, alegând să nu poarte absolut nimic.

(tăcere de durată medie, în așteptarea efectului; acceptare senină a ropotelor de aplauze; înclinare a capului reținut-superioară; ieșire din scenă elegant-maiestuoasă)

O zi ca oricare alta

M-AM NĂSCUT, cu mult timp în urmă, într-o familie modestă, în orașul în care aveam să îmi trăiesc toată viața. Am copilărit, ca atâția alții, în ani interminabili, împărțiți între jocurile violente de stradă și chinul orelor de școală. Am crescut, am devenit adolescent, apoi bărbat. Am hoinărit, m-am bătut, am iubit. M-am însurat de tânăr cu o fată din cartier, nici prea frumoasă, nici prea... frumoasă, mi-am abandonat studiile pentru care oricum nu aveam nici o aplecare și m-am angajat ca bibliotecar. Am închiriat o garsonieră și mi-am cumpărat o bicicletă. De fapt, ne-am cumpărat două biciclete; amândouă roșii – a mea cu două dungi negre.

Cam atât despre primii 25 de ani din viața mea. Mai multe n-aș ști să spun nici dacă m-aș strădui în mod special.

Cu totul altfel stau lucrurile însă cu ziua în care... Nu, nu cred că am început bine. Ce vreau să spun de fapt este că în acea zi... Offff! greu mai este. Să scrii, să redai ce ai trăit, sau măcar ce îți amintești... De ce îmi amintesc totul – absolut totul – din acea zi banală, lipsită de evenimente spectaculoase – și mai nimic din ziua de după? Mult prea puțin din cea dinainte? E un mister la mijloc sau poate că totul e simplu și nu înțeleg eu. Nu m-am considerat niciodată un geniu, dimpotrivă.

Nu am pretenția că pot reda cu exactitate fiecare moment al acelei zile misterioase, dar asta nu înseamnă că nu îl port în suflet, în sânge, în memorie... Fiecare pas, fiecare adiere, fiecare bătaie de inimă... a veveriței din parcul prin care am trecut cu bicicleta. Nimic nu s-a pierdut – totul e ferecat în siguranță – aici, în mine.

M-am trezit la șase și un sfert dimineața, m-am frecat la ochi, mi-am sărutat soția pe ceafă, m-am dat jos din pat, am schițat câteva mișcări formale de încălzire și m-am dus la toaletă.

După un scurt duș, m-am apucat să pregătesc micul dejun. Pâine prăjită, ceai la pliculeț și ouă prăjite. Cât de plăcut sfârâiau în tigaie! Nu am fost niciodată un mâncăcios, dar bucătăreala îmi face mare plăcere. Mă rog, îmi făcea.

A apărut și soția mea, mâțâind de lene. Spre deosebire de mine, detesta diminețile. Eu eram în formă maximă, așa că i-am pregătit niște cereale și i-am stors un suc de fructe. Am dat drumul la radio și am ascultat cu atenție buletinul meteo, în timp ce soția povestea ceva, probabil despre vreo amică de-a ei. Nu avea să plouă în ziua aceea. Vânt slab spre moderat, 22 de grade la prânz. Numai bine.

M-am îmbrăcat fără pretenții – blugi, tricou și adidași – mi-am verificat geanta de umăr (biscuiți, breloc cu chei, portofel, batiste), mi-am sărutat soția, din grabă, pe nas, și am plecat. Am salutat-o pe vecina de la parter în timp ce ieșeam cu bicicleta din bloc, am încălecat-o (pe bicicletă, desigur) și am pornit spre serviciu.

Îmi amintesc că pedalam agale, bucurându-mă de aerul proaspăt al dimineții. Traficul era lejer, însă a trebuit să am grijă să ocolesc trei doze goale, aruncate pe carosabil, și un hoit de șobolan. Nimic nou...

În douăsprezece minute am ajuns la biblioteca de cartier unde lucram. Înainte de a deschide sala de lectură, la ora nouă fix, mi-am cumpărat cotidianul de sport de la chioșcul din colț. M-am așezat la postul meu și am început să citesc ziarul, tacticos.

Prima clientă a zilei a fost o profesoară ieșită la pensie, obișnuită a bibliotecii, care studia cărți vechi de bucate. Citea în cel puțin trei limbi... A ajuns pe la zece jumate și a cerut un anuar antebelic. Purta un taior cam demodat, o broșă mare, verzulie, și părul împletit în coc.

Mi-am reluat lectura ziarului, trecând la pagina de tenis, și ronțăind distrat câte un biscuit. Începusem cu șahul și atletismul, urmate de patinaj și gimnastică, lăsând la urmă, ca pe o delicatesă, pagina de fotbal extern.

A doua cititoare, și ultima din acea zi, pe la ora douăsprezece, a fost o studentă înaltă, slăbuță, cu păr lung, șaten-blonziu; probabil și picioare frumoase... Cele mai multe dintre studente au picioare frumoase; cel puțin așa cred. Nu m-am uitat niciodată prea mult după femei; nu din virtute, ci pentru că aveam una acasă și, până la urmă, nu sunt diferențe chiar atât de mari.

I-am zâmbit strict profesional şi i-am înmânat „Păsări din America", de John James Audubon. Întotdeauna m-a uimit ce interese de lectură pot avea oamenii. Eu nu aş fi citit cartea aceea, şi nici pe multe altele. Pe cele mai multe.

Studenta a stat vreo două ore, poate două şi un sfert, cufundată în cărţoiul ăla cu poze mari, multicolore. Când a plecat, m-a rugat să-i păstrez semnul de carte acolo unde îl lăsase. „Bineînţeles, domnişoară, se poate? Reveniţi cu încredere!" Profesoara a stat până pe la trei, luând mereu notiţe într-o agendă albastră.

De la trei la cinci, când am închis biblioteca, am rămas singur şi m-am uitat pe pereţi, relaxat, fără să mă gândesc la ceva anume. Terminasem ziarul, memorasem rezultatele mai importante (Juventus câştigase cu 3-0), şi mă simţeam foarte bine, fără vreun motiv.

Pe drumul spre casă am cumpărat pizza, din aceea ieftină, cu brânză, măsline şi roşii. Am mai luat o bere pentru mine, o cola pentru soţie (ambele la sticlă), un kil de mere şi câteva portocale.

Soţia ajunsese acasă înaintea mea şi pusese masa, draga de ea. Era momentul ei de energie maximă. Am mâncat fără grabă, mestecând pe îndelete fiecare îmbucătură. Ca de obicei, soţia mi-a povestit ziua ei de muncă, insistând pe detaliile care i se păreau mai picante. Eu nu i-am povestit despre profesoara cu coc şi nici despre studenta iubitoare de păsări. Nici n-aş prea fi avut ce să-i spun, iar o discuție despre picioarele femeilor, în general, chiar nu și-ar fi avut locul.

Eu am strâns masa, ne-am tolănit apoi aproape o oră, după care am ieșit amândoi cu bicicletele prin parc. Temperatura scăzuse la vreo cincisprezece grade, însă era plăcut, cu adevărat plăcut, și la un moment dat am văzut o veveriță în iarbă. Tocmai îngropase o alună, probabil, și acum cerceta împrejurimile, ridicată în două lăbuțe, să fie sigură că n-a urmărit-o vreun hoț. Înainte de a ne întoarce acasă, am luat câte o înghețată – în același parc – ea cu aromă de vanilie, iar eu de ciocolată.

Nu am făcut dragoste în seara aceea, așa că am stat pe canapea și am urmărit un film istoric, ceva despre regina Elisabeta. A Angliei. Eu aș fi preferat un meci, dar aveam pe atunci un singur televizor și ne înțeleseserăm să mă uit la sport doar miercuri și duminică.

Imediat după film ne-am spălat pe dinți, pe rând, ne-am pus pijamalele și ne-am băgat în pat. Sunt aproape sigur că eu am adormit primul.

A doua zi dimineață m-am trezit din nou, ca de obicei, a treia zi la fel și tot așa în anii care au urmat.

Am făcut doi copii, ne-am mutat într-un apartament de trei camere, tot cu chirie, ne-am crescut copiii până când au plecat de lângă noi și s-au așezat la casele lor.

M-am pensionat, am rămas văduv, am renunțat la apartament și am închiriat din nou o garsonieră, am vândut bicicletele, am învățat să joc table, am îmbătrânit, m-am îmbolnăvit grav și am murit.

… … … … … … … … … … … … … … … … … … …

Așa mă gândeam să îmi închei povestirea, cu un final pe care îl găseam de efect; care însă, dacă stau să mă gândesc mai bine, nu mă satisface. Și nici nu respectă întocmai adevărul, pe care mi-am propus să îl redau cât mai fidel posibil. Iar adevărul este că nu am murit. Nu încă.

Roman de dragoste cu suspans, aventură și final neașteptat

(extras din volumul „Cum să scrii cu gust. 27 de rețete literare.")

ȚI S-A PUS PATA PE LITERE, pe cratime, pe virgule și apostroafe? Ai luat vreun „zece" cândva, la școală, la literatură? Te-a mințit vreo fufă că o minți frumos? Ai rămas șomer și n-ai ce face acasă? Sau pur și simplu ai pofte pe care sărmana lume din jur nu ți le poate satisface? Nimic mai simplu: scrie, dragul meu, istorii de amor.

Mai întâi de toate, trebuie să pregătești scena pe care se va desfășura acțiunea. Poți alege orașul tău, pe care îl cunoști suficient de bine pentru a face povestea credibilă, sau un oraș celebru precum Parisul, despre care poți aduna relativ ușor informații (prietenii de acolo îți vor spune că plouă mereu, că traficul este extrem de aglomerat, că țiganii din România cerșesc la metrou), sau unul cu adevărat exotic, cum ar fi Tirana, Ouagadougou sau Islamabad, despre care poți scrie ce dorești: aproape nimeni nu te va putea verifica. De asemenea, poate să nici nu fie un oraș: povestea se va desfășura în acest caz la țară, în junglă sau pe o insulă din Pacific.

Urmează sexul personajelor. Dacă vei opta pentru un cuplu *straight*, vei capta atenția femeilor, dacă vei alege două femei, o vei avea asigurată pe aceea a bărbaților (cel puțin în perspectiva ecranizării romanului), în fine, dacă vor fi doi bărbați vei avea de partea ta o mai restrânsă audiență, compensată din plin de elogiile criticii.

În ce împrejurări se vor cunoaște cei doi? (Te sfătuiesc să te limitezi la acest număr, sau cel mult la trei participanți: peripețiile unui *cvadruplu* sau chiar *cvintuplu* amoros ar presupune complicații de nedorit pentru un începător). Ei bine, în nici un caz la bibliotecă: nu vrei să-ți plictisești publicul încă de la început. Nici la bordel, din rațiuni de decență. Aș elimina și abatorul, fabrica de conserve, toaletele publice – din diverse considerente. Încearcă o abordare proaspătă, naturală și pe cât posibil inedită. Spre exemplu, cei doi s-ar putea ciocni pe stradă, din neatenție, scăpând din brațe pungile de cumpărături. Un start promițător, aș zice, și neîncercat până acum.

Personajele secundare. Știu, din păcate sunt adesea trecute cu vederea, însă rolul lor e unul esențial, de liant și catalizator al poveștii. Poți improviza cu măsură aici, dar nici un roman de amor nu se poate lipsi de:
- prietena urâtă, dar generoasă, a eroinei, gata oricând să sară în ajutorul Iubirii;
- verișoara frumoasă (preferabil blondă), dar fără de suflet, veșnic pusă pe rele;

- mătușa văduvă sau fată bătrână, plină de tabieturi bizare;
- străbunicul din ramă, impozant și marțial (preferabil purtător de monoclu);
- pitorescul vânzător de ziare / șofer / grădinar / recepționer;
- pisica obeză, mofturoasă și ursuză.

Sfat important, cu privire la eroii tăi: nu te jena să îi manevrezi ca pe niște cobai; pentru ei ești Creatorul și ai asupra lor drepturi absolute. Nu te preocupa de dorințele, poftele și aspirațiile lor; pe scurt: nu-i lăsa să își facă de cap. Dacă vrei să ai succes, trebuie să controlezi în cel mai mic amănunt cele ce se petrec înăuntrul romanului; păstrează-ți deci mintea limpede și lasă iraționalul pentru poeții damnați.

Suspansul e ușor de obținut într-un roman: pur și simplu lasă capitolele neterminate, în stilul *Czarne Chmury*. Mai simplu de atât nu se poate. Dacă vrei neapărat să te complici, poți încerca să împletești două planuri ale povestirii, astfel încât acțiunea întreruptă în capitolul 1 să continue în capitolul 3, cea din 2 în 4 și tot așa. Doar că la un moment dat va trebui să le reunești, și asta cere dibăcie. *So let it go.*

Cât despre aventură, treaba e și mai simplă. În ziua de azi, tot ce ne înconjoară presupune risc, pericol, *terra incognita*. O aventură este să traversezi strada, să mănânci fructe de mare, să îi spui şefului ce gândeşti cu adevărat. Aşa că orice ai povesti, prin orice i-ai pune pe eroi să treacă, va fi din start aventuros. Să zicem că unul dintre ei pierde tramvaiul şi întârzie la întâlnire, sau că la dugheana din colţ se vând prezervative expirate, sau că între mamele celor doi se naşte o rivalitate ce eclipsează povestea de amor... Am dat doar câteva exemple – nu căuta cu orice preţ aventura; sau caut-o dacă vrei: rezultatul va fi acelaşi.

O reţetă literară trebuie să ţină cont şi de aşa-numitele Î.P.R. = Întrebări Puse şi Răspu(n)se. Zilnic sunt asaltat de zeci de ageamii care ar vrea să ştie dacă:

1. Există o lungime (grosime) ideală a unui roman?
2. Neologismele recente ar trebui evitate?
3. Un ritm alert al povestirii e binevenit?
4. Liniuţele de dialog sunt demodate?
5. Personajele au voie să înjure?
6. Este ridicol să scrii proză în versuri?
7. Mâţa cea obeză este oare castrată?

Te voi lămuri pe tine, ucenicul meu, ca şi cum tu ai fi pus toate aceste întrebări; ca şi cum toate acestea ar merita un răspuns. Unul singur: tinere, când te apuci de scris, ai grijă să scrii bine, frumos, inteligent, inspirat; într-un cuvânt – pe gustul publicului cititor, şi mai ales cumpărător.

Orice poveste, oricum ar fi ea scrisă, trebuie să se termine undeva... Pentru final îţi recomand tragismul:

nimic nu bate *Romeo și Julieta*. Nici tu nu o vei face, desigur, dar cu un pic de îndemânare și un pic de noroc te poți apropia cât de cât... Surpriza este cheia: ucide-i fulgerător pe amorezi, într-un mod la care publicul să nu se aștepte, și gloria îți va aparține. Îți sugerez să dai de înțeles că povestea se îndreaptă spre un reconfortant *happy-ending* – îi poți lăsa pe eroi să se pregătească de nuntă, după care „Bamm!!" – îi pocnești peste ceafă în ultimul capitol.

Rămâne de ales „arma crimei". Un jaf armat la restaurantul cu pricina ar fi prea banal. O invazie extraterestră ar fi oarecum *gore*. Poți însă încerca o eră glaciară: spectacolul și neprevăzutul, ingrediente obligatorii ale unei povestiri de succes, ar fi astfel asigurate. Și nu te teme că ar putea să pară cam tras de păr... Se știe despre glaciațiuni că se instalează într-un ritm extrem de alert, astfel încât valul de gheață îi va surprinde pe chercheliții nuntași cu eficiența unui tsunami. Final neașteptat, un pic trist, dar tulburător și înălțător totodată: cei doi îndrăgostiți (sau cele două îndrăgostite, după caz...) se vor uni pentru vecie în îmbrățișarea aceluiași sloi.

Texte écrit sur l'influence de la Fée Verte

ÎN CELE CE URMEAZĂ vă voi povesti ultima mea excursie la Paris. Ultima în ambele sensuri ale cuvântului, pentru că nu am de gând să mă mai întorc acolo. Nu am de ce să mă mai întorc. Nu mă așteaptă nimeni acolo. Mi s-a pus în vedere să nu.

Știu că demersul meu poate părea o nesăbuință. Cum să mai scrii despre Paris după Alexandre Dumas, Victor Hugo, Emile Zola, Umberto Eco, Jordi Mureșan? Ce să mai aibă de revelat Sena, *Notre-Dame*, catacombele, halele, *Belleville*, RER-ul?

Ei bine, am ambiția – cu rigurozitate măsurată – de a repurta mai multe, mai solide, mai trainice succese literare decât iluștrii mei înaintași. Și, da, mă consider cea mai calificată persoană. Numiți-mă o adevărată enciclopedie vie a Parisului, și mă veți jigni profund. Practic, mă veți face ignorant.

În zecile mele de vizite aici nu doar că am învățat tot ce se putea învăța, nu doar că am mai aflat pe deasupra cam tot ce mai era de aflat, dar am ajuns să mă identific cu Capitala Luminii și a Lumii: prin vene îmi circulă metroul, prin artere vaporașe, prin păr îmi mișună turiștii, în loc de dinți am monumente, în loc de urechi *madeleines*, ochii mei proiectează pe cer nuduri de Renoir...

Credeți că exagerez? Mai întâi ascultați. Am înregistrat cu conștiinciozitate cum vâjâie vântul primăvara pe sub *Tour Eiffel*, cum fâlfâie vara drapelele în *Place de la Concorde*, cum scârțâie toamna pietrișul sub tălpi în *Jardin des Plantes... I love Paris in the winter...* Știu câte pedale trebuie să dai de la intrarea în *Rue de Rivoli* până la Arcul de Triumf și înapoi. Am dat personal acele pedale, repetând traseul de opt ori, pentru a obține o medie concludentă.

Știu câte restaurante sunt în Paris pe cap de locuitor, câte frapiere, șervețele, tirbușoane și furculițe. Am luat masa personal în TOATE aceste restaurante, de la cea mai prăpădită locantă – în genul *Amelie* – până la cele mai selecte și selective locații – mici săli de mese cochete și discrete, inaccesibile vulgului. Am gustat toate specialitățile Metropolei Gustului, fără a le ocoli pe cele mai scârboase.

Știu exact câte zeci de tone de literatură s-au scris la Paris, câte sute de mii de degete s-au ocupat de asta și câtă materie cenușie s-a consumat. Câți hectolitri de alcool pur pe zi alimentează inspirația artiștilor parizieni. Câte cisterne de lacrimi puteau fi recoltate pe parcurs...

Știu câți islamiști militanți, dar încă mai înfocați epicurieni, robiți deliciilor palatale, târguiesc săptămânal la *Izraël*, în Marais. M-am trezit o vreme cu noaptea în cap, pentru a număra soiurile de pește expuse în fiecare dimineață la Rungis, am cumpărat câte un exemplar din fiecare, incluzând cele 16 varietăți de caracatiță, le-am preparat și le-am catalogat proprietățile olfactive și gustative. I-am numărat pe engrosiștii de acolo, am stat de vorbă cu fiecare în parte și mi-am notat opiniile lor politice și preferințele lor sexuale.

Am calculat numărul de metri cubi de aer ce umplu conturul impozant al Pantheonului și pot da oricând, cu o precizie de opt zecimale, diferența dintre volumul însumat al celor trei cupole ale acestuia și acela al cupolei domului catedralei Sant-Louis. Cunosc media zilnică de vizitatori ai cavoului lui N. Bonaparte, și am stat de vorbă, la Café Luxembourg, cu trei dintre aceștia, toți francezi în acte, dintre care două treimi îl încă deplângeau, *pauvre petit*, blestemând cea mai recentă *lingua franca* și pe toți vorbitorii acesteia, trecuți, prezenți și viitori, iar a treia (purtătoare de barbă și burtă), bălmăjea ceva despre tirani și tiranii...

Am flirtat cu 173 de parizience, între 19 și 32 de ani, albe, negre și mulatre, alese după criterii strict sociologice, iar nu după gustul meu subiectiv. Adăugați la acestea alte 43 de turiste, venite de prin toate ungherele lumii: suedeze, canadience, poloneze, chinezoaice, femei din Noua Zeelandă, Japonia, Mexic, Ukraina, Israel, Borneo, Uruguay sau Sulawesi. Cu multe dintre ele am ajuns și în pat: nu o spun ca să mă laud; dimpotrivă, pot recunoaște fără complexe că nu am cine știe ce calități de Don Juan. Când mă apuc însă de o documentare, o duc până la capăt, indiferent cât de greu mi-ar fi și câte neplăceri ar implica perseverența mea neînduplecată. Plăcerile, la rândul lor, nu mă fac să dau înapoi: sunt, în felul meu, un ascet.

Am luat texte de Villon, de Voltaire și de Rimbaud, de Montherlant și de Cioran și le-am transpus într-o franceză mai suplă, mai bogată, mai nuanțată și mai armonioasă, o franceză absolută, atemporală, esențială, eternă. Venele de pe tâmplele a șapte academicieni s-au umflat mai-mai să plesnească la citirea „încercărilor" mele. De furie, de invidie, de neputință.

Am vizitat de nenumărate ori *La Soif du Malt*, ca și *La Cave à Bulles*, am învățat pe de rost toate mărcile de bere franțuzești – și vă asigur că nu sunt puține. Știu, de asemenea, câte flamande rotofeie, apetisante, blonde, brune, albinoase ori roșcate sunt vândute zilnic la *Bootlegger*. Sunt sigur că se vor găsi destui ignoranți care să strâmbe din nas și să mă trateze cu dispreț. Parcă îi aud: „cum, bă, ăsta s-a dus la Paris ca să bea... bere?" Nu îi voi face de-a dreptul proști – mă voi mulțumi, păstrându-mă în limitele mult prea generoasei corectitudini politice, să îi consider insuficient informați.

În fond, în zona Parisului – știu că este un sofism, dar poate unii dintre voi nu știu – nu se produce nici un vin mai de soi, în schimb se găsesc cele mai savuroase, cele mai aromate, cele mai complexe trapiste și nu numai, rivalele de drept ale unor *Sancerre* ori *Chablis*. Din acest punct de vedere, îndrăznesc să spun că Parisul este un mic Bruxelles, care, la rândul său, este un mare… Mă rog, să zicem că nu sunt un fan al orașului bebelușilor pișăcioși. Pe când Parisul…

Ah, Parisul… aici am cunoscut pentru prima dată artele, gastronomia, erotismul, fiorul mistic, biciclismul… Aici m-am desăvârșit inițiatic, devenind Mare Maestru în toate astea și în câte altele… Aici am atins Excelența… Aici am dat-o până la urmă în bară.

„Gura bate curul", spune o zicală din sărmana și înapoiata mea țară – și, vai, câtă înțelepciune primitivă, neșlefuită. Prea multe cunoștințe acumulate despre Paris, prea multe *danseuses*, prea mult *champagne*… s-a dovedit a fi un cocktail primejdios.

Pe scurt, într-o vineri seara m-am trezit cu niște cetățeni în vizită. Aflaseră cumva că știu… lucruri și mă așteptau în holul hotelului. Sacouri impecabile, cămăși de firmă, tunsori virile, ochi albaștri… Le scria pe frunte *DGSI*, și pe legitimațiile de serviciu la fel.

Invitat fiind în mod politicos, am urcat cu ei într-o limuzină cu geamuri fumurii și… nu pot da prea multe detalii despre unde am fost și ce-am făcut, sper că înțelegeți. Fapt e că nu m-am lăsat intimidat – mai mult, le-am râs în nas ca unor ageamii. În deschidere, i-am spus fiecăruia cât poartă la pantofi, câți copii legitimi are și cam prin ce parcuri se joacă la ora aia. Înțepeniseră, caraghioșii… Am continuat preluând rolul de gazdă și servindu-i generos cu *cognac* de la 1800 din propria lor rezervă, de care nu aveau habar.

La urmă, ca să nu îmi poarte pică, le-am deconspirat întreaga rețea letonă de spionaj – doi burtoși și o bombă blondă de n-am cuvinte.

N-am reușit, din păcate, să am *le dernier mot*... La despărțire s-au interesat în mod ceremonios dacă eram cumva *bulletproof*. Nu eram. Imun la otrăvuri, la suflul exploziilor, la obiecte tăioase? Nimic din toate astea. M-au sfătuit în consecință să îmi iau repejor tălpășița din orașul lor (al lor! aici am râs cu poftă) și să nu mai calc pe acolo. *Never ever. Numquam. Nikagda.*

Așa că am plecat. Cu ăștia nu te pui. Iar la întoarcerea spre casă mi-am cumpărat din Luxemburg o sticlă de *absynthe*, cu ajutorul căreia sper să devin un foarte mare scriitor.

Ziua în care

poem desuet-gnostic de inspirație nostalgică

Ziua în care toate ceasurile din lume s-au oprit în același moment, indiferent de mecanismul lor de funcționare;

Ziua în care toți atacanții din lume au înscris din foarfecă, în minutul 87, la vinclu, indiferent de competiție sau de sistemul de joc;

Ziua în care toate echipajele de hingheri din lume au fost zgâriate de aceeași pisică, indiferent ce am înțelege prin: „toate", „lume", „aceeași", „pisică";

Ziua în care cei trei sori pitici ai planetei XY au căzut de acord să fuzioneze pașnic, în interesul unui viitor alternativ – unanim preferabil;

Ziua în care greva lăptarilor scoțieni a avut, în fine, câștig de cauză și li s-a permis să livreze hectolitri de *Springbank* ;

Ziua în care toate femeile s-au trezit tinere, înalte, suple, blonde și cu sânii mari, și în care cele care erau deja așa s-au simțit brusc detronate și inutile;

Ziua în care NY Jets au câștigat al XII-lea titlu NFL consecutiv, a șaptea oară fără înfrângere în sezon;

Ziua în care străvechiul război dintre Confederația Sării și Imperiul Zahărului s-a încheiat cu un delicios armistițiu;

Ziua de primăvară în care Caius Iulius, poreclit Caesar, în vârstă de 55 de ani, nu a încasat nici măcar o lovitură de pumnal, grație agilității native, trecutului său de contorsionist și unui curs recent de arte marțiale;

Ziua în care, sătui de rolul lor pur estetic, câțiva nori s-au hotărât să plouă;

Ziua în care o masivă invazie extraterestră a fost respinsă de efortul eroic al Alianței Mușuroaielor de la izvoarele Yonne-ului;

Ziua în care satrapul Halucistanului, un moșneag sinistru având la activ câteva genociduri bune, a izbucnit în plâns urmărind *Interstellar*.

Ziua de neuitat în care zilele toate s-au aliniat la comandă, aşteptându-şi răbdătoare rândul la viaţă;

Ziua în care Arnaldus de Villa Nova a inventat mitraliera, a sărbătorit de unul singur cu un ulcior de *pastis*, după care şi-a ars planurile, a urinat pe resturile lor şi le-a îngropat adânc, adânc, adânc;

Ziua în care fluturii au evoluat în şopârle, şopârlele în lilieci, liliecii în jderi, jderii în păsări Rok, păsările Rok în tigri-cu-colţi-cât-iataganele, iar către seară, aceştia din urmă au evoluat în fluturi;

Ziua în care comorile ascunse prin toate ungherele globului şi-au semnalat discret prezenţa prin emanaţii de efluvii pestilenţiale;

Ziua în care înspăimântătorul J.J. Wuyts-Nestorius, poreclit de ceilalţi *inmates* „Profesorul", şi-a ţinut prima prelegere – sau poate pe ultima – referitoare la moravurile din perioada pe nedrept neglijată a Principatului;

Ziua în care Liane Cartman a acceptat, surâzătoare, în plenul Naţiunilor Dezbinate şi Reunite, titlul de „Mamă-eroină a anului", oferind la schimb o tavă cu prăjiturele;

Ziua în care viitorul galaxiilor siameze, mai cunoscute sub numele de scenă *Încrengătura Încâlcită*, a fost decis de strănutul subit al unui oarecare Aubrey și-nu-mai-știu-cum;

Ziua în care gloanțele celor doi duelgii arhetipali, să le spunem Abdon'g și Aïon, s-au întâlnit exact la mijlocul drumului, în plină Graniță a Ploii, lăsând o importantă chestiune de onoare nerezolvată;

Ziua în care ultimul nebun din lume a fost injectat cu serul-minune *Normalyon*, devenind în jumătate de oră un individ calm și rezonabil, cetățean model, tată de familie și șef de birou la Fisc;

Ziua de neiertat în care zilele toate s-au aliniat la comandă, așteptându-și răbdătoare rândul la moarte;

Ziua în care cel de-al șaselea și cel de-al șaptelea sex au fost desființate prin decret prezidențial, cu motivația sumară, dar convingătoare: „Viața e un pic cam complicată; cinci sexe ar trebui să fie de ajuns";

Ziua în care teroriștii de pretutindeni au dat cea mai mare lovitură *establishment-ului* planetar, reușind să lipească torturi cu frișcă pe fețele a 23 de președinți, 19 prim-miniștri și a cel puțin 7 capete încoronate;

Ziua (de fapt seara) în care, asistat de-o preafrumoasă hawaiiană, Julien Sorell a stabilit un nou record al motelului Curaçao: 516 țânțari striviți cu prosopul până în zori;

Ziua în care bulgarilor li s-a subțiat ceafa, grecilor li s-a îngroșat nasul, rușii toți s-au lăsat de băut, iar francezii au învățat să gătească;

Ziua în care Jimmy White, „jucătorul cu nervi de oțel", a câștigat primul său titlu la *Crucible*, deschizând o serie ce urma să intre în legendă;

Ziua în care, la presiunea perfidă a Ocultei Mondiale, realizatorii documentarului *Lost* s-au compromis iremediabil, tăindu-i la montaj pe atlanți;

Ziua în care toate acestea s-au întâmplat, în urmă cu trei miriade și un sfert de eoni, a fost urmată de noaptea în care ne aflăm și acum.

False studii borgesiene

– fidele imagini ale realității nebănuite –

ÎNCLINAȚI CUM SUNTEM, prinși fiind în iureșul aseptic al vieților noastre mărunte, să dăm unor cuvinte precum „adevăr", „fapte" sau „realitate" un înțeles redus, mediocru, nu este de mirare că ne scapă aproape tot ce lumea are mai bun și mai frumos de oferit. Nu pretind că m-aș deosebi prea mult din acest punct de vedere de voi, cititorii mei; doar întâmplarea face să mă aflu în posesia câtorva dintre minunile timpurilor noastre – acele lucruri pe care, din păcate, am fost învățați să le ignorăm, să le disprețuim, să le refuzăm chiar dreptul de a fi.

Nimic mai firesc, în ce mă privește, decât să încerc a vi le împărtăși, deschizându-vă ochii asupra adevăratelor fațete ale lumii în care trăim. Am apelat în titlu la un alibi literar pentru a vă face mai lesne de ingerat o hrană spirituală radical diferită de cea pe care v-o servesc zilnic jurnalele de știri (și documentarele National Geographic, da). Am folosit numele venerabilului rătăcitor esențial ca pe o parolă, o cheie spre tărâmul fantasmelor – nu mai puțin contemporanele noastre decât marile corporații. Să învățăm să călătorim în profunzimile propriilor minți; vom avea surpriza de a nu le putea da de capăt.

1. Stan Jones, invalidul omniprezent

Ateilor sau doar agnosticilor generosului concept al ubicuității nu le-a fost dată șansa de a-l cunoaște pe californianul Stan Jones. În vârstă de cincizeci și doi de ani, e țintuit de când se știe într-un scaun cu rotile, ceea ce nu îl împiedică să se afle – oricând – unde vrea și să facă orice îi trece prin cap. Lista „umbrelor" extrem de palpabile pe care mintea sa de excepție le proiectează aiurea, prin lume, pare dificil de epuizat. Unii cred că numărul lor îl depășește de două ori pe acela al atomilor din Univers, ceea ce este, desigur, o exagerare grosolană. În ce mă privește, nu am repertoriat până în prezent decât șapte.

La Londra trece drept George James William Cockney Lord Startfire Jinglesex Burrito. Amicii îi spun simplu Burry, iar numeroasele amante – My Little Donkey (evident că pe colțul batistelor sale este gravat cu fir de aur **MLD** – tălmăcit, cu modestie, către profani, drept *Myself, Leader of Destiny*). Este înalt, foarte, foarte slab și poartă întotdeauna umbrelă. Nimeni nu cunoaște originea temeinicei sale averi, însă unii răuvoitori susțin că nu ar fi cu totul străin de mafia pariurilor hipice.

Mare amator de orgii finlandeze (echivalentul, în sfera sexului, al bufetului suedez) și de *tequila blanco*, băută *con salsa* și nu după rețeta ageamiilor de la Hollywood, Burrito trece prin viață precum un copil lăsat nesupravegheat în ditamai fabrica de ciocolată. Nu se știe ca vreo femeie să îi fi rezistat, ca vreo editură să îl fi refuzat (căci scrie poezie, nu fără talent), ca vreun partener de afaceri să îl fi tras pe sfoară. Este de-ajuns să întindă mâna, ba uneori nici atât, și orișice ar dori, fie și ca urmare a unei toane de moment, i se oferă cu supușenie.

O dată pe săptămână ține post negru, se reculege și învață câte o limbă străină. Când le epuizează, le uită la comandă și o ia de la capăt. Este tributul pe care acest filfizon dezabuzat îl aduce principiului călăuzitor al existenței noastre improbabile, pe care, în câte-o noapte insuportabil de lungă, vag amețit de aburii alcoolului, Burrito se destăinuie a îl (o) fi cunoscut personal, în circumstanțe ce nu pot fi aduse la cunoștința neofiților, sub masca revelatoare a ceea ce unii ar putea numi Epifanie, și care pentru el reprezintă doar Deziluzia (aici îmi permit să îl citez): „Dumnezeu? O damă rezonabil de bună la pat. Ce credeai?"

Marocanul Chérif Elmaghribi, deși proaspăt imigrant, e pe cale de a se integra în lumea *banlieu*-rilor. Fire vulcanică, dotat cu o inteligență ascuțită, un simț al dreptății exacerbat și o statornică intoleranță față de ideile altora, Elmaghribi s-a remarcat prin câteva intervenții bine țintite, a căror fermitate a fost întrecută doar de discreția lor. Întrebați fiind, la fel de discret, vecinii săi l-au descris ca pe un tânăr respectuos, timid și mare iubitor de pisici.

Teoretician neobosit și practician neîncercat al „Lumii ce Va să Vină", al „Noii Epoci de Aur și Nisip", al „Uimitoarei și Răvășitoarei Povești fără Sfârșit și deocamdată fără Început", pe scurt al „Ordinii Absolut Acceptate, InsuficientLăudate și pleonastic Necontrazise", marocanul abia trecut de vârsta lui Hristos pare să nu mai aibă foarte mult de așteptat.

Stanislas Czernowynski, fizician de elită, a activat până nu demult la CERN, sub Geneva, unde și-a câștigat reputația de profesionist desăvârșit, atent la detalii, capabil să găsească salvatoarea soluție a oricărui imaginabil impas. Doar în aparență paradoxală, apetența sa pentru farse jucate colegilor de subterană nu face decât să completeze contrapunctic un portret ce nu se presupune banal.

Nu vă voi irosi prețiosul timp, altfel relativ, cum de la o vreme se bănuiește, cu povești ludice de prin dormitoarele și coridoarele acceleratorului... Farmecul lor frust, de cazarmă – fie ea și una de elită, populată de tocilari – nu se potrivește cu seriozitatea relatării de față. Mă voi mărgini la a da glas unui zvon insidios, prea puțin credibil, dar de o persistență ce ar putea avea darul de a ne îngrijora, cum că proaspăt descoperita și exagerat de mult comentata Particulă Divină ar fi în fapt o drăcovenie pe care el, Czernowynski, adică Jones până la urmă, a născocit-o și a strecurat-o ilicit în sistem, întru demascarea naivității colegilor săi ori, mai degrabă, pentru propriul amuzament.

Asta ar fi pus capac unor birocrați sus-puși, sătui deja de giumbușlucurile sale cuantice, care ar fi luat măsuri radicale în vederea stopării acestora. Repet însă, pentru a nu lăsa loc de nedorite neclarități, totul este la nivel de zvon. E foarte probabil, ba chiar posibil, vorba cuiva, să nu aflăm niciodată adevărul-adevărat.

Cu greu l-ai putea recunoaște pe ologul sfrijit din Salinas în persoana lui Hideyoshi Watanabe, impozantul sfărâmător de lanțuri al circului din vechiul Seoul. Puțini știu că pachetul de mușchi cântărind aproape trei sute de kilograme ascunde un temperament flegmatic și o minte mai ascuțită decât cel mai fin brici.

Sub protecția aparenței sale bonome (obișnuința ne face să vedem în orice namilă cu puteri herculeene un copil mare și inofensiv), H.W. își desfășoară neobișnuita – poate chiar unica – activitate de agent cvintuplu. Primul serviciu de informații l-a racolat la vârsta de cinci ani, după ce puștiul din Okinawa inventase așa-zisul „cub Rubik". Doar nu vă imaginați că un ungur putea cu adevărat să dea lumii o creație de geniu.

În prezent, după treizeci și ceva de ani de peregrinări prin lume (ajutat și de programul de turnee de vară al circului, japonezul a văzut 136 de țări și a ucis în 107), respectul de care se bucură în cercurile oculte ce stau de strajă lumii a ajuns la asemenea cote încât există voci, nu dintre cele mai puțin influente, ce îl propun drept candidat la funcția de secretar general al Națiunilor Unite.

Eu l-am cunoscut sub travestiul unui instalator bucureștean, murdar, gălăgios, bețiv și incompetent.

După ce i-a luat patru zile să îmi schimbe chiuveta cea veche cu una nouă, timp în care mi-a inundat de două ori apartamentul, a avut neobrăzarea să îmi ceară drept onorariu o sumă cu un zero în plus față de cât ar fi meritat. (...) Cele trei puncte puse pentru moment între paranteze ascund, în deplinătatea minimalismului lor, cel puțin șapte pagini de înjurături copioase. Și binemeritate, de ce nu am spune-o franc.

Oricât de meschin și inadecvat ar părea în nimicnicia sa aparentă, Pantelimon Ionescu reprezintă, în umila-mi interpretare, culmea creației *stanjonesiene*, dacă îmi permiteți formularea. „Cu cât cobori mai mult, cu atât mai mult te înalți". Nu mai știu de unde am luat citatul, dar îl găsesc oarecum elocvent, în acest punct al relatării mele. Cam atât m-am învrednicit eu a pricepe din tribulațiile chiuvetei... Să trecem mai departe.

Poate cea mai impresionantă (și cea mai tristă, în felul ei) interfață a infirmului, Marisol Contreras, curvă ordinară din suburbiile Medellinului, copulează cu orice neisprăvit pentru câțiva amărâți de bănuți – echivalentul unui covrig cu susan. Nu o împinge la asta nici sărăcia extremă, nici vreo perpetuă, incurabilă mâncărime, ci – sublimă în perplexitatea indusă nouă, celor nesortiți accesului la un asemenea nivel al umanității – onestitatea de a respecta, până la capăt, un nefericit pariu pus (și pierdut) pe când avea doar șaptesprezece ani. Apropiaților plini de bune intenții, ce încearcă să o convingă de absurdul la care a dus oricum vetustul concept de „cinste", le răspunde cu calm și cu o umbră de resemnare: „acum asta e, nu am încotro, musai să mă țin de cuvânt. Mai am trei sute de porci de satisfăcut, și îmi voi putea vedea de viață mai departe."

Nu întâmplător l-am lăsat la urmă pe uluitorul Xhuxhuk F&D, răsfățatul și flamboaiantul disk-jockey ilir. Există în viața noastră meschină ceva mai pur, mai neprețuit, mai sfânt decât muzica? Rârâit, sâsâit și complet afon în stare de trezie, albanezul are deconcertanta capacitate de a deveni un autentic Zeu al Sunetului după nici trei sticle de tărie locală, făcând platanele să tremure de plăcere.

Se spune că la party-urile unde e invitat, în stare de beție fiind, ar putea electriza mulțimile de dansatori, inducându-le o transă vecină cu extazul, nemaiatestată de pe vremea mysteriilor... Din câte știu eu însă, Xhuxhuk nu s-a îmbătat până acum nici măcar o dată, poate și datorită faptului că n-a împlinit încă 12 ani.

Aceștia sunt Stan Jones, după știința mea, dacă mi se acceptă o afirmație de o discutabilă corectitudine formală, dar de necombătut în brutala evidență a fondului său imuabil. La o privire superficială, sărmanul negru cu fire albe în barbă, pe lângă care atâția trec fie privindu-l cu compătimire, fie ignorându-l cu desăvârșire, abia dacă e în stare să-și ducă insignifianta sa viață, nicidecum să insufle multiple existențe paralele... Dar un amănunt vulgar îl dă de fiecare dată de gol: când cască el, cască și cei șapte de mai sus; când el strănută, strănută și ei. Mai puțin cercetătorul polonez, decedat recent într-un stupid accident rutier.

2. *Yakub Al Hassif Ibn-A'rif,*
orga vie a lui Dumnezeu

Îi voi acuza din start pe aceia dintre dumneavoastră ce își vor lua libertatea de a nu crede în adevărul absolut al relatării care urmează că nu au fost niciodată în Yemen. Și îndrăznesc să emit o prezumțioasă predicție: nu mă voi înșela nici măcar într-un caz.

Ibn-A'rif, analfabet, treizeci și opt de ani, este membru al micii comunități lingvistice *Mehri*, și nu are habar că Allah l-a ales să îi fie instrument muzical intim, în scopul oarecum neașteptat al desăvârșirii Lumii. Ca și cum Creația pe care, în zelul nostru de robi, cu pripite plecăciuni o lăudăm, nu ar fi în fapt decât un prim pas spre un țel mai înalt, accesibil doar pe calea abruptă, contra-intuitivă a re-creării, a reinterpretării, a profanării în ultimă instanță.

Abandonați-vă obișnuințele prăfuite, știința de carte mucegăită, îndoielile anchilozate. Asemeni indianului ce a reinventat matematica, yemenitul nostru a recompus Muzica Universală, însușindu-și-o inocent și imperial. Chiar așa, toată muzica? ei bine, doar pe aceea ce merita a fi re-compusă, reinterpretată, dezbrăcată, terfelită și batjocorită, în sensul cel mai pur și divin al cuvintelor, nu mai puțin divine la rândul lor.

Întru sporirea perplexității noastre, acest erou umil nu cântă la vreun instrument, nici măcar la frunză, tendon sau cochilie, ca un primitiv ce și-ar respecta statutul în prejudecățile noastre obosite. Nu știu dacă e vorba despre o mutație genetică sau despre o tehnică ieșită din comun, însă muzica – toată, în versiunea inedită pe care el ne-o oferă este alcătuită din zbierete, șoapte, chiuituri, șuierături, icnituri, gâfâieli, păcănituri, scrâșnete, gemete, râgâieli, plesnete, oftaturi, trosnete, *you name it...*

Yakub cântă din gură, din nas, din sprâncene, din barbă, din vârful buzelor, din dinți și limbă, doar din dinți, doar din limbă, din degetele de la mâini și picioare, din subțiori, din gât, din laringe, din diafragmă, din palme, din coate, din tălpi, direct din stomac, clămpănind din urechi, și câte altele... Toate celelalte.

Nimeni nu poate spune cu ce a început Ibn-A'rif re-crearea muzicală a lumii, dar candidatul cel mai probabil este *Andantele* dintr-a Șasea de Mahler, fluierat de la un capăt la celălalt, fără a pierde vreo nuanță, ba încă mai duios, mai persuasiv, mai ispititor-faustian decât în cea mai fină interpretare a originalului. Un singur amănunt ne poate surprinde, și anume durata versiunii yakubiene, de aproape trei ore și un sfert.

Fără vreo grijă pentru cronologia muzicii oficiale, în întregime de el ignorată, au urmat *Waisenhausmesse* (78′), *Decades* (28′), *En Saga* (51′), *Miserere* (74′), *Chelsea girls* (19′), *La Serena* (12′), *Gymnopédies* (21′), *New Dawn Fades* (714′), *Paraschiva* (doar 8′), *A Doua* („cu pauze" –

188'), *A Patruzecea* (66'), *Let it come down* (16'), *BWV 211* (*Die Katze lässt das Mausen nicht* – 75'), *The Mercy Seat* (99'), *O munaciello* (42'), *Arddyledog Ganu* (25'), *15/132* (214'), *Cruisers Creek* (17'), *Nuba Gharibat Al-Husayn* (138') şi *Lamentation Walloo* (18').

De regulă, neo-compoziţiile sale au o durată mai lungă decât aceea a muzichiilor iniţiale, fapt datorat probabil climei, temperamentului, digestiei lente, precum şi lipsei sale desăvârşite de reţinere în a se repeta. O menţiune specială merită deci una dintre puţinele dimineţi răcoroase din viaţa chinuită de monstruosul disc solar a muzicianului nostru. După ce s-a frecat la ochi, şi-a făcut nevoile şi a sorbit un căuş de palmă de apă stătută, Ibn-A'rif a lichidat în mai puţin de 10 minute *Die Kunst der Fuge* şi *Turangalila*. Restul zilei, până seara târziu, şi l-a petrecut re-fredonând *Bolero*-ul.

Într-un moment de beţie cruntă şi de revoltă împotriva Sistemului (orice ar însemna asta în minusculul său sătuc), Yakub a scuipat câteva acorduri stridente, ciufulindu-şi instantaneu cele câteva şuviţe de păr şi holbându-se sub imperiul unui subit strabism. Deşi era singur pe o potecă de munte la acel moment, nici un prezumtiv auditoriu nu ar fi putut rămâne indiferent la ce a urmat. *God Save the Queen*, în interpretarea sa de o oră şi patruzeci de minute, a fost de o forţă magnetică nemaiîntâlnită de la SPK, să zicem (*so seductive, oh, so helpless… feel like fire, feel like ice…*). Sau de la Varese, dacă vreţi. Aţi prins ideea, oricum.

De parcă toate astea n-ar fi fost de ajuns, Yakub Al Hassif Ibn-A'rif și-a încununat opera de o vară (eternă...) recompunând *Enjoy the Silence*, interpretată așa cum se cuvine, adică dându-și pumni în cap într-o liniște deplină, rezultând o variantă cu nouă minute și un sfert mai lungă decât originalul. În seara aceleiași zile, nemulțumit de rezultat, yemenitul de nici un metru cincizeci, cântărind mai puțin de patruzeci și două de kilograme și cu un suflet cât toată Peninsula Arabică, și-a reluat originala interpretare a liniștii absolute generatoare de echimoze și nu s-a oprit până în ziua de azi (șase ani, opt luni și nouă ore mai târziu).

3. Autorul acestor rânduri, creator involuntar al lumilor scrise

Lumile scrise, scrierile vii ori ficțiunile autonome – spuneți-le cum doriți – sunt neverosimilele creații pe care le voi lăsa după mine și care, în condițiile ideale, deci prea puțin probabile, ale întâlnirii lor viitoare cu o generație de cititori lipsiți cu desăvârșire de orice gust literar, vor rupe gura târgului, așa cum nici o altă scriere nu a mai făcut-o...

Nu, nu exagerez defel. O să încerc să mă explic. Cine sunt, contează mai puțin. Fapt e că am scris (și publicat – nu are a face tirajul) cinci romane, toate de aventuri și mister, pline de vervă, de ingeniozitate și umor... Pe cine mint, nici măcar eu nu cred așa ceva. Romanele mele sunt dezlânate, puerile, vulgare, neîngrijit scrise, penibile, adevărate monumente (citiți șoproane dărăpănate) închinate kitsch-ului ofensator și ignar.

Primul se intitulează:

Scurta viață de desfrâu a lui Hieronymus Davidescu
(întreruptă brutal în împrejurări deosebit de exotice)

Iar al doilea:

Douăzeci de negri măricei
(pe lângă care mai mor violent câteva duzini de chinezi
și evrei)

Nu vă mai rețin atenția cu celelalte trei; titlurile lor sunt la fel de stupide ca și conținutul. Sau invers, mă rog.

De ce am scris cinci cărți (nu una, nu două...) atât de înfiorător de proaste, de vreme ce până și eu le disprețuiesc? Din orgoliu, desigur. Când ești cel mai bun din lume, realmente inegalabil, vârful de neatins într-un domeniu oarecare, nu poți rămâne modest. Chiar nu poți; cine spune altfel nu știe despre ce vorbește sau minte cu nerușinare.

Or eu sunt neîntrecut în arta de a scrie prost, Prost cu majusculă, prost fără pereche, fără concurent și fără precedent. Se pare că scriu atât de prost încât soția mea a hotărât (ei da, ea dictează în casă, nu mi-e rușine s-o recunosc; eu îmi iau revanșa între coperțile romanelor mele...) să nu facem copii, pentru a nu avea cine să se ruşineze cândva de inepţia grotesc-dezinhibată a tatălui lor.

Aşa că ele, cele cinci cărţi, sunt progeniturile mele, şi dacă în calitate de observator obiectiv le dispreţuiesc ca şi ceilalţi, ocolindu-le de la distanţă, în calitate de părinte... să zicem că am momentele mele de duioşie şi afecţiune.

Într-o astfel de clipă jenantă, cuprins de un sentimentalism absurd, mi s-a făcut poftă să recitesc – în premieră! – câteva pasaje din *Hieronymus*... Am deschis cartea la pagina 21 – începutul capitolului III – unde eroul meu mega-detectiv, gargantuescul Pierre, o ştiam prea bine – mai bine decât oricine pe lume – îşi făcea apariţia la locul infamei crime pedalând nonşalant pe ridicola sa tricicletă.

Cu maximum de naivitate savuram dinainte, v-o mărturisesc spăşit, deliciul suav-oligofren ce urma să-mi fie oferit de acea intrare legendară... În loc de asta, ce s-o mai lungesc, am citit câteva rânduri, mai întâi vag neatent, apoi neîncrezător-încordat, în cele din urmă perplex de-a dreptul.

Pentru că, de data asta, Pierre, „Mârlanul din Charleroi", după care de obicei nu ofta nici ultima babă chioară şi răpănoasă, se lăfăia într-un *chaise longue*, pe o plajă selectă, în compania a două modele *Playboy*, şi sorbind dintr-un cocktail de fiţe de care – vă dau cuvântul – n-am auzit în viaţa mea.

Nu poate mira pe nimeni faptul că am închis brusc cartea, cuprins de spaimă, şi am scăpat-o pe podea.

Unde a rămas vreme de aproape o săptămână, până când mi-am făcut curaj să o ridic și s-o deschid din nou.

Deschisă fiind cartea – capitolul III, pagina 21!! – l-am regăsit pe aventurierul cel burtos: participa, fără pic de rușine, într-un cadru select, la o degustare de vinuri. *Vouvray*, orice o fi însemnând asta. Pierre Moustache, la o degustare de vinuri? Să fim serioși! Poate la un concurs de golit butoaie... Sancho – acel Sancho, da! – este un maestru al rafinamentului pe lângă mojicul de Pierre. Și totuși... ce se întâmpla cu cartea mea? Cum de era posibil așa ceva?

În fine, la a treia tentativă, după încă o săptămână de frisoane și chinuri, și desigur la aceeași pagină, Pierre al meu, detectivu' lui Pește, care preț de cinci romane nu s-a învrednicit să rezolve nici măcar o crimă, să dezlege un singur mister, ei bine, acest impotent caraghios se instalase cu de la sine putere într-un jilț impunător, în mijlocul unei biblioteci imense (el, care n-a citit la viața lui decât etichete de bere!), și cu un *dram* de *Brora '72* între degete (asta mai lipsea!!) își înjura crâncen autorul – pe mine!!! – bodogănind că de ce l-am făcut grăsan și pocit (și foarte prost, aș adăuga) și că ce treabă are el cu mizeria aia de crimă și cu boul de Davidescu și că mai bine l-aș lăsa în pace, să-și vadă în tihnă de plăcerile lui...

Ei bine, acum am închis volumul tacticos, cuprins de un calm suveran, și l-am așezat la locul lui, pe raft, ca pe un bun de mare preț. Pentru că, în sfârșit, *înțelesesem*. Sau, mă rog, eram pe punctul de a înțelege.

Ce a urmat, însă, a fost mult mai frustrant. Mi-am rugat cei mai apropiați prieteni, soția şi părinţii să recitească măcar una dintre cărţile mele, măcar un capitol, măcar o pagină... Desigur, fără succes.

În zadar am încercat să le explic că nu realizează ce pierd, să îi amenint ori să îi mituiesc. Se pare că nimic nu poate determina pe cineva care m-a citit o dată să repete experienţa... Şi oricât ar părea de bizar, găsesc această situaţie nici mai mult nici mai puţin decât entuziasmantă. Cum altfel? Unicitatea este improbabilul dar cu care am fost lovit, pe nepregătite, în moalele capului. Singularitatea.

Cine ar fi crezut că un biet scriitoraş – cel mai prost şi mai amărât dintre toţi – poate căpăta, peste noapte, atributele autiste ale unei adevărate *black hole*? În ce mă privește, nu mi-a trecut niciodată aşa ceva prin cap, şi totuşi... şi totuşi... şi totuşi... nimic din ce compune insondabilul mister care am aflat cu stupoare că sunt nu va ieşi vreodată din mine. Nu va ajunge la voi... Nu am nimic de spus, nu aveţi nimic de aflat. Nu şi nu şi nu.

Aş mai fi adăugat ceva aici, dar... la ce bun?

Fragment din cartea ce voi scrie la noapte, când voi fi nebun

STAU ȘI MĂ UIT ÎN GOL. Privesc cum plutesc în derivă minunate aglomerări de universuri, pe care le pulverizez distrat, la intervale aleatorii de timp, prin simpla putere a minții.

Sărmanul, a zis o femeie, trecând pe lângă mine grăbită. Dar eu nu jinduiam după ea.

De ce se conspiră împotriva mea? Nu din răutate, vă asigur. Nici din interes pentru modesta mea persoană. Și atunci, de ce? Doar așa, din obișnuință, pentru ca sforarii de profesie să nu își piardă exercițiul.

Te urăsc, te urăsc, te urăsc.
Și eu te iubesc, știi prea bine.

Cel mai mult îmi place verdeața.

Trăind așa, de la o vreme încoace, am realizat cât sunt de umil. Nu doar foarte, sau grozav de umil, ci cu mult, cu mult mai mult. Aiuritor de umil, indescriptibil de umil, înspăimântător de umil. Umilința mea a depășit de mult gigantescul, tinzând acum spre infinit. Dar asta n-are până la urmă nici o importanţă: sunt singurul ce poartă această incomodă podoabă sufletească.

Am visat o pădure prin care mişunau căpriori;
Am arat o păşune ce odihnea matadori;
Am auzit o chemare în care scârţâiau şapte viori;
Am îngânat un blestem, inocenţi călători.
Am consolat o minune ce izvodise culori;
Am aspirat la o lume ghemuită în nori;
Am sorbit o genune stârvuind apriori.

De ce m-aş abţine? Nu văd nici un motiv pentru care.

M-am trezit azi-dimineaţă cu o gaură în cap. În frunte, ca să fiu mai exact. Am stat şi m-am gândit: de unde să fi apărut? Oare cine a sfredelit-o? Şi a făcut-o dinspre afară spre înăuntru sau invers? A pătruns cineva în mintea mea sau, dimpotrivă, a ieşit? Cine locuia acolo? Cine locuieşte acum? Am câştigat ceva, sau am pierdut ? Sunt tot eu, cel de ieri, ori sunt altul?

Veacul în care plutesc este atât de fragil, încât anii existenţei mele – de până şi de după acum – se pot scurge oricând pe covor, prin fisuri din senin apărute. Nu, nu mă cred un peşte sechestrat într-un bol de cristal; sunt un simplu om ce înoată în secolul său. Al douăzeci şi doilea, al treizeci şi optulea: ce importanţă pot avea cifrele?

Am inventat o nouă distracție: iau metroul, mă aşez pe primul scaun liber şi încep să mă uit fix în ochii celui din fața mea. Asta din primul moment şi fără să clipesc, fără să-mi cobor privirea. Unii se încruntă la mine, alții, nefericiții, mă compătimesc: mă cred dus cu pluta. Babele proaste îşi fac mii de cruci. Unii (şi mai ales unele) se intimidează, se înroşesc şi nu ştiu cum să coboare mai repede. Eu însă rămân şi o iau de la capăt.

Cine nu s-a bătut măcar o dată în viață – ascultați bine cuvintele mele – dar să se fi bătut cu adevărat: cu pumnii, cu genunchii, cu colții, cu ghearele, cu capete în gură, până la epuizare, până la sânge, până la înjosirea deplină a adversarului (ori până la propriul colaps), acela nu se poate numi ființă umană. Mai mult, nu poate pretinde că ar fi trăit cu adevărat. Acela sau aceea, pentru că tot ce este valabil pentru bărbați, este valabil şi pentru femei.

De la fereastra casei mele se poate vedea, în câte o dimineață exagerat de senină, Tărâmul Celălalt, în toată splendoarea sa sepulcrală. E atât de reconfortant să stai şi să priveşti ce se întâmplă acolo. Aş spune că nu se poate compara cu nimic. Uneori stau treaz toată noaptea, în aşteptarea unei astfel de dimineți. Dar cel mai adesea plouă cu clăbuci şi nu se vede mare lucru.

Am escaladat oraşul, şi în vârful lui am dat peste un mini-lac glaciar, pe fundul căruia orăşenii îşi prezervă inimile. Am privit o vreme cum pulsează milioanele de corduri în apa limpede, vag albăstruie, în care se oglindesc, cu intermitențe, reclame luminoase la pastă de dinți, și am găsit că toată treaba e destul de scârboasă. Am plecat în grabă și nu îmi amintesc să mă fi întors acolo vreodată.

Știați că jocul copiilor este interzis pe scările rulante de acces la metrou? Eram sigur că nu: cine mai stă în ziua de azi să citească orice scrie oriunde; mai cu seamă în locurile publice. Dacă pe vremea copilăriei mele ar fi existat scări rulante, poate că aș fi ținut seama de regulile acestea stupide. Acum însă, nimic nu mă poate reține: joc, cu seninătate deplină, capra, bâza, perețelul, rațele și vânătorii. Nimic nu se compară însă cu șotronul.

Am murit și eu de câteva ori, firește. Ultima dată chiar săptămâna trecută. Dar nu înțeleg să fac caz de asta, să mă laud, să povestesc în stânga și în dreapta, cu lux de amănunte. Așa cum fac atâția în ziua de azi. Treaba lor, să le fie de bine; morțile mele nu sunt subiect de bârfă publică, iar eu nu sunt un clovn, precum ceilalți. Am spus doar că s-a întâmplat, și nu intenționez să intru în detalii. Ce și cum a fost, mă privește numai pe mine.

Cine plouă când plouă? Cine ninge când ninge? Cine tună când fulgeră? Cine fulgeră când tună? Eu și numai eu. eu și numai Eu.

Nu era de ajuns că din naștere sunt surd de urechea stângă: o urechelniță mi-a intrat în cea dreaptă și îmi devorează timpanul. Așezat comod într-un fotoliu masiv, percep cu voluptate scrâșnetul hămesit al minusculelor mandibule; îl apreciez la adevărata sa valoare: aceea de ultimă simfonie ce mi-a fost dat să savurez, cu delectarea rezervată unui meloman autentic. Adio, Schubert! Adio, Mozart! Nu vă voi mai recunoaște, când ne vom întâlni pe stradă. Nu mă despart însă doar de compozitorii mei preferați, ci și, fără vreun regret, de vacarmul intens cacofonic al orașului, de întregul ghiveci sonor ce m-a însoțit dintotdeauna: claxoane, scârțâieli, bufnituri, icnete, șuiere, vaiete, voci... Mai cu seamă voci.

Cine a înălțat piramidele? Cine a cioplit Sfinxul? Unde zace Atlantida? Câți extratereștri sunt infiltrați printre noi? Când va veni sfârșitul lumii? Ce va urma după aceea? În calitate de Cunoscător Intim al Legilor, știu că așteptați de la mine toate răspunsurile, și asta nu mă încântă deloc... Dar deloc. Din partea mea, n-aveți decât să le așteptați.

Am o asemenea expresie întipărită pe față, încât nimeni nu îndrăznește să mă oprească pe stradă. Nici cerșetorii, nici agenții de circulație, nici măcar vânzătorii ambulanți – vârful, la zi, în evoluția de milenii a nesimțirii și a tupeului deșănțat. Când mă văd – când mă privesc, cu adevărat, în ochi – pietonii se crispează brusc, rictus-ul ce le brăzdează fețele semnalând un autentic preinfarct. Un număr nedeterminat de femei însărcinate trebuie să fi avortat spontan la aparițiile mele întâmplătoare, de-a lungul timpului, de după aparent banale colțuri de stradă. *C'est moi!*

Ce mă diferențiază de ceilalți – toți ceilalți? Să fie oare faptul că țin atât de mult la integritatea mea, încât nu sunt dispus să fac nici un compromis? Am spus nici unul. Intransigența mea merge până într-acolo, încât, pentru a evita orice umbră de suspiciune, orice ispită de a ceda influențelor nefaste dinafara mea, am refuzat, de la cea mai fragedă vârstă, orice schimb de idei; adică, orice schimb de cuvinte. Îndărătul celei mai banale formule de politețe se poate ascunde, perfidă, pieirea mea ca individ de sine-stătător. Prefer, e de la sine înțeles, să fiu luat drept surdo-mut, adept al vreunei secte ori, de ce nu, excentric imitator al pietrelor.

Cel mai dezastruos lucru pentru inteligența umană e numărul. Factorul de multiplicare. Dacă vreți, mă puteți numi gnostic (deși *asta* nu poate fi o insultă), însă nu am de gând să mă înhăitez cu nimeni – cu nici unul dintre așa-zișii mei semeni, și cu atât mai puțin să le tolerez existența.

Ultima dată când m-au săltat „gaborii", acum câteva nopți, mi-au pus o cagulă pe cap și m-au dus la o Stație Experimentală... M-au conectat la niște aparate invazive, sinistre, cum au şi pe unele nave aliene, doar că de generație mai veche. Vreo două ore m-au fixat, m-au împuns, m-au întors de pe o parte pe alta, m-au ciocănit, m-au stors, m-au ras, m-au curentat, de mă şi plictisisem. După care au descifrat rezultatele pe un ecran minuscul, au şuşotit ceva între ei şi mi-au dat drumul cu scârbă, ca de obicei.

Ce față de vită avea – nesimțita de casieră! Să îi ard una peste fălci? Nu, de fapt n-am stat pe gânduri deloc.

S-a întâmplat o singură dată, şi nu încerc, nu caut, nu râvnesc la vreo scuză. Pur şi simplu nu mai văzusem o floare atât de frumoasă. Nu ştiu cum se chema, pentru că nu mă preocupă astfel de mizerii. M-am aplecat să o adulmec, cu nasul meu de pahiderm, şi nu ştiu cum să zic, dar... nu, chiar nu ştiu cum să zic.

Pisica mea vânează tramvaie

- acuarelă calmă, de sfârşit de vară -

Pisica mea a vânat un tramvai
Şi, din glastra parfumată,
Un şuvoi de apă plată
Rămas de prin luna mai
A ţâşnit peste armată,
Înecând vreo şapte cai.
Şi apoi, cât ai spune: „vai!"
Pisica mea s-a lins, încurcată.

Pisica mea s-a ascuns după Soare
Precum un şoarec azuriu;
Iar în dunga de răcoare
Trasă de-un agil spahiu
Cu sabia sa unduitoare,
S-a iţit un râs zglobiu,
Forfecând cu nepăsare
Uliul ce-aş fi vrut să fiu.

Pisica mea s-a întors către Marte,
Suspinând în fa diez
Ca un fante amorez,
Prins în năluciri deșarte.
Spuneți-mi, ce păstor cerchez
A găsit cândva o carte
Și-acum apele desparte
Recitând minciuni cu miez?

Pisica mea și-a sorbit reflectarea,
Umflându-se dizgrațios:
Mică nu îmi fu mirarea
Când văzui, pe râu în jos,
O felină blocând zarea
Cu fundul său spectaculos;
Semeț arcuind spinarea,
Ca un Dom simandicos...

Pisica mea a scris o poveste
Inspirată dintr-un vis:
Se făcea că la Paris
Un vestit pilot de teste
Disperat s-a sinucis.
Răspândise manifeste
Contra forțelor celeste,
Și acum plânge în Paradis.

Pisica mea s-a născut submarin –
Ca mai toți din zodia ei;
Și când afară e senin
Și-n stradă zornăie cercei,
Ea se cufundă-n pernă lin
Filosofând fără temei.
Spuneți-mi, în context canin -
Cum e să urli-n van la Zei?

Pisica mea a ajuns consilier
Și a propus, din prima zi -
Chiar înainte de a ști
Corect să țină un echer,
Și fără a se osteni
Să-ndoaie gratiile de fier -
Ca toți golanii din cartier
Să poarte pijama de ski.

Pisica mea și-a pierdut unghiera;
Rezultate: dezastruoase –
Au despicat planeta Terra
Ghearele ei monstruoase;
Invadară liziera
Harpii oarbe, furioase.
Și, când am deschis noptiera,
Pisica mea a tors; uitase.

Pisica mea a vânat un tramvai,
Pisica mea s-a ascuns după Soare,
Pisica mea s-a întors către Marte,
Pisica mea şi-a sorbit reflectarea,
Pisica mea a scris o poveste,
Pisica mea s-a născut submarin,
Pisica mea a ajuns consilier,
Pisica mea şi-a pierdut unghiera.

Pisica mea vânează tramvaie

Moartea și alte *

* *Nu se pot emite decât speculații, firește, cu privire la modul în care autorul intenționa să continue ultima sa proză, înainte de a fi găsit inert, cu capul căzut pe birou și nasul sprijinindu-se, ironic, pe tasta „pauză". Îndrăznim să propunem, însă, varianta perfect plauzibilă potrivit căreia titlul complet al acestui text ar fi fost „Moartea și alte farse". Caz în care autorul, după ce a luat în derâdere cam tot ce prețuim mai mult pe lumea asta: iubirea, vitejia, familia, biserica, patriotismul, trecutul, prezentul și viitorul, s-ar fi pregătit să își bată joc și de Moarte, în stilul său ușurel, căutat-neglijent și înțesat cu anglicisme nejustificate. „Joke's on you", s-ar putea să fi fost ultimele cuvinte auzite de autor. Sau poate primele, who knows?*

Cuprins